넘버세븐

FANTASY FRONTIER SPIRIT

이모탈 판타지 장편 소설

넘버세븐 6

이모탈 판타지 장편 소설

초판 1쇄 찍은 날 § 2014년 2월 17일
초판 1쇄 펴낸 날 § 2014년 2월 24일

지은이 § 이모탈
펴낸이 § 서경석

편집부장 § 권태완
편집책임 § 정수경

펴낸곳 § 도서출판 청어람
등록번호 § 제1081-1-89호
등록일자 § 1999. 5. 31
어람번호 § 제1-1788호

주소 § 경기도 부천시 원미구 심곡2동 163-2 서경B/D 3F (우) 420-822
전화 § 032-656-4452팩스 § 032-656-4453
http://www.chungeoram.com
E-mail § chungeorambook@daum.net

ISBN 978-89-251-3736-0 04810
ISBN 978-89-251-3516-8 (세트)

이모탈 판타지 장편 소설

NuMbeR Seuen

FANTASY FRONTIER SPIRIT

넘버세븐

6

CONTENTS

Chapter 01

"큰일 났소, 큰일이……!"

한 명의 귀족이 급하게 트리아스 자작의 집무실 문을 열고 들어오면서 외쳤다. 그에 집무실에 모여 있던 트리아스 자작은 물론이고 필립스 남작, 그리고 그들의 책사와 기사 단장들의 시선이 일제히 허겁지겁 들어오는 귀족에게로 향했다.

귀족은 들어오자마자 집무실에 있는 회의용 탁자 한쪽 편에 털썩 주저앉은 다음 크게 한숨을 들이켰다. 이곳은 트리아스 자작의 집무실이지만 지금은 그를 지지하는 많은 귀족들이 자리하고 있었다. 하나 트리아스 자작이 별다른 표정을 보이지 않자, 누구도 뭐라 말을 하지 않았다. 다만 그가 거칠게 들이켜고 있는 숨이 진정되기를 기다리고 있을 뿐이다.

그렇게 잠시의 시간이 지난 후, 가장 상석에 앉아 있던 트리아스 자작이 입을 열었다.

"이제 진정이 좀 되셨소? 그렇다면 말해보시오. 무슨 큰일인지."

"아!"

그제야 자신의 실책을 깨달은 귀족은 급급하게 호흡을 가다듬고 축 늘어졌던 몸을 세우며 다급하게 입을 열었다.

"패트리아스 백작이 병력을 집결시켰다 합니다. 에, 그리고 또 영지를 다스리던 세 행정관과 기사단장 및 부단장을 체포하여 지하 감옥에 구금시켰다 합니다."

"……."

귀족의 말에 트리아스 자작의 집무실에 정적이 흘렀다. 한동안 입을 여는 사람이 없었다. 말이 없을 수밖에 없었다. 설마 패트리아스 백작이 그들이 생각하고 있는 최악의 수를 둘 줄은 몰랐기 때문이다.

지금 귀족이 말하는 이들은 패트리아스 백작이 받은 영지를 이끄는 실질적인 실무자이기 때문이다. 잠시 어안이 벙벙해지고 뒤통수를 세게 맞은 듯한 표정을 짓고 있는 집무실 안의 귀족들이다.

하나, 역시 여러 귀족과 기사들을 이끄는 수장이어서인지 가장 먼저 정신을 차리고 입을 연 자는 트리아스 자작이다.

"그 말… 진정 사실이오?"

"어찌 이 중대한 시국에 소작이 빈말을 고하겠습니까."

"허어~"

귀족의 말에 탄식이 터져 나왔다. 트리아스 자작 역시 순간적으로 얼굴이 굳어지면서 말문을 닫았다. 지금 이 소식을 어떻게 파악해야 할지 몰라서이기 때문이다. 상당히 당황스러운 상황임에는 분명했다.

"허면 영주 대리인 캠프 남작은 어찌 되었다 하오?"

"그는……."

트리아스 자작의 물음에 말끝을 흐리며 곤혹스러워하던 귀족은 이내 고개를 가로젓더니 무거운 음성으로 입을 열었다.

"패트리아스 백작 편으로 돌아섰다 합니다."

"결국……."

"배신이라니……."

트리아스 자작과 필립스 남작이 동시에 입을 열었다. 그들의 얼굴에는 불쾌함과 동시에 분노의 표정이 드러나 있다.

"쯧. 역적 놈의 자식이란……."

필립스 남작이 혀를 찼다. 그는 알고 있었다. 캠프 남작이 과거 패트리아스 백작 가문의 가주와 둘도 없는 친우 사이였다는 것을 말이다. 그리고 30년이라는 오랜 시간 동안 과거의 영광을 재현하기에 위해 부단히도 노력했다는 것 또한 알고 있었다.

물론 트리아스 자작 이하 필립스 남작과 벨트란 남작은 그러한 캠프 남작의 생각을 모르는 바 아니었다. 하지만 그는 혼자이고 이쪽은 여럿이다. 수없이 많은 감시의 눈을 뚫고 과거의 영광을 위한 무력을 키우기는 어렵다는 것을 알고 있다.

"허고 캠프 남작은 기사 120명과 정련된 병력 3천을 그대로 들어 바쳤다 합니다."

"뭐, 뭐?"

"끄흐음."

그런데 그러한 그들의 생각을 완전히 뒤엎는 말을 귀족이 하고 있다. 개인 사병을 길러내고 그 수가 자그마치 기사 120에 병력 3천이라 한다. 그러하니 트리아스 자작과 필립스 남작은 해연히 놀라고 앓는 소리를 낼 수밖에 없었다.

귀족의 말에 이제는 더 이상 놀랄 것도 없다는 것인지, 트리아스 자작은 일으켜 세웠던 상체를 다시 의자에 깊숙이 묻었다. 그리고 손을 깍지 끼며 무언가 깊은 생각에 잠겼다.

집무실에 모여 있던 귀족들과 기사들의 시선이 모두 트리아스 자작에게로 향했다. 그리고 각자 자신만의 생각에 침잠해 들어갔다. 확실히 패트리아스 백작의 전격적인 행동은 그들에게 있어서 문제가 있었다.

무력시위를 하면 아무래도 자신의 힘으로 모든 것을 할 수 없으니 적당한 선에서 타협할 것이라 생각했으나, 패트리아스 백작은 그런 생각을 뒤엎고 전혀 다른 방향으로 일을 진행시키고 있었다.

처음부터 일이 꼬이기 시작한 것이다. 물론 이런 일을 예상하지 못한 것은 아니다. 하나, 손쉽게 갈 수 있는 길을 어렵게 가게 되었으니 그것이 탐탁지 않은 것이다.

"우리가… 너무 안일했던 것 같소."

"그, 그렇습니다."

트리아스 자작의 말에 보고를 하던 귀족, 즉 벨트란 남작이 잔뜩 굳은 표정으로 답했다. 그때 트리아스 자작은 자신의 옆에 있는 기사를 바라보았다. 바로 오브레임 후작 가문의 특사로 온 기사 애덤 던 경이다.

"실패했구려."

"그렇군요."

트리아스 자작은 굳은 얼굴로 기사 애덤 던 경을 바라보며 말했다. 그 표정이 무엇을 의미하는지 잘 알고 있는 애덤 던 경은 아무렇지도 않다는 듯이 고개를 끄덕이며 트리아스 자작의 말을 받았다.

"상당히 실망스럽소이다만……."

"작전이라는 것이 항상 성공할 수는 없지 않겠습니까? 허고 정작 자작께서 부탁하신, 걸음을 지체시키라는 의뢰는 충분히 수행했다고 생각합니다만."

"그… 끄으음."

기사 애덤 던 경의 답에 트리아스 자작은 앓는 소리를 내고야 말았다. 그의 말이 맞았다. 자신은 단순이 걸음을 지체해 달라고 했을 뿐 패트리아스 백작을 죽여 달라고 사주하지는 않았다.

보통 20일이면 당도할 거리를 40일가량으로 지체하게 했다면 그의 말대로 약속은 충분히 지킨 것이기 때문이다. 할 말은 없었다. 하지만 불쾌했다. 자신의 말 속에 내포된 의미를 잘 알고 있으면서도 그 의미를 파악하지 않고 곧이곧대로 작전을 수행한 것이 말이다.

'나를 시험하는 것이었던가?'

불현듯 트리아스 자작의 뇌리에 떠오르는 생각이다. 그렇지 않으면 지금의 상황을 설명할 방법이 없기 때문이다. 서로의 협정 내용 이외에도, 그 협정 내용 속에 포함된 함축적인 것까지 파악해야 동맹이 되고 혈맹이 된다.

자신이 걸음을 늦춰달라고 했을 때 오브레임 후작 가문의 특사인 기사 애덤 던 경은 이미 그 안의 내용을 충분히 파악하고 있었을 것이다. 한데 그리 하지 않았다는 것은 '네가 진정 오브레임 후작 가문과 혈맹을 맺을 만한 자격이 있느냐?' 하는 시험이 곁들여진 것이나 다름없기 때문이다.

"시험이었던 것이오?"

트리아스 자작은 직접적으로 물었다. 그만큼 화가 났다는 것을 의미함이다. 혈맹의 특사로서 당연히 예의에서 어긋나는 것임을 알면서도 말이다.

그에 기사 애덤 던은 살짝 입꼬리를 말아 올리면서 고개를 끄덕였다.

"대 오브레임 후작 가문입니다. 아무런 시험도 없이 혈맹이 가능하다 생각하십니까? 혈맹을 위해서는 그만한 역량이 있어야 하지 않겠습니까? 본 기사는 트리아스 자작께서 원하시는 대로 했습니다. 이제 트리아스 자작께서 그 역량을 보여주셔야 하지 않겠습니까?"

기사 애덤 던은 결코 숨기려 들지 않았다. 그에 오히려 트리아스 자작은 한결 편안한 표정을 지었다. 굳이 머리를 이리저리 굴릴 필요가 없기 때문이다. 그리고 자신 있었다.

"물론 그렇지요. 헤밀턴 공작 가문 휘하의 대 오브레임 후작 가문이지요. 알고 있소. 허나 그런 대 오브레임 후작 가문에서 겨우 그 정도의 지원만 하신다면 본작 또한 생각을 해봐야 할 것 같소이다만."

역시 만만찮은 트리아스 자작이다. 시험하는 것은 좋다. 그런데 그러려면 오브레임 후작 가문에서도 어느 정도의 지원이 있어야 하지 않겠느냐는 것이다.

겨우 패트리아스 백작 일행의 발걸음을 며칠 늦추기 위해 쓸모없는 어쎄신 몇백을 투입하고 생색내며 자작을 시험하려 한다면 그것이야말로 오브레임 후작 가문의 역량을 의심해 봐야 하지 않겠느냐는 말이다.

그에 기사 애덤 던이 싸늘하게 웃음 지었다.

'주제도 모르는 욕심 많은 너구리 같은 놈.'

이것이 트리아스 자작에 대한 기사 애덤 던의 평가이다. 하나 그는 결코 자신의 생각을 밖으로 드러내지 않았다. 실력은 조금 처지는 편이나 그의 두뇌의 간사함은 여느 문관 귀족들보다 더 훌륭했다.

"물론 그렇지요. 해서 이번 패트리아스 백작과의 일전에 두 개 몬스터 기사단 200명과 함께 정규 병력 2천을 지원해 드릴 것입니다. 다만 그들의 특성상 제가 지휘를 해야 하며 작전의 독립성을 지켜주셔야 합니다."

기사 애덤 던의 말에 트리아스 자작은 역시 하는 표정을 지을 수밖에 없었다. 오브레임 후작 가문은 알고 있었던 것이다. 고작 고용한 어쎄신만으로 그를 막을 수 없다는 것을 말이다.

그리고 그들의 진실한 시험은 이제부터라는 것도 느낄 수 있었다. 불쾌하지만 표정으로 드러내지 않은 트리아스 자작이다. 자신이라 해도 그렇게 할 것이기 때문이다.

아무리 한 지역의 여러 귀족을 이끌고 있다고는 하나 오브레임 후작 가문에 비하면 왕국의 수많은 귀족 중 한 명에 지나지 않는다. 트리아스 자작은 야망에 비해 자신의 위치를 정확하게 알고 있었다.

"흐음. 그리하면 지휘 체계가 이원화되어 전군이 한 몸같이 움직이지 못함에 작전에 커다란 구멍이 생길 것 같소이다만."

실제 그러하다. 같은 군 편제가 아니고 서로 다른 편제로 서로 다른 명령 계통을 가진다면 작전을 구사함에 있어 틀림없이 파탄이 일어나게 마련이다.

그러한 트리아스 자작의 지적에 기사 애덤 던은 슬쩍 입꼬리를 말아 올리며 답했다. 언뜻 보면 비웃는 것 같은 그러한 표정이다. 그에 트리아스 자작 그늘에 있는 몇몇 귀족은 심히 불쾌한 표정을 짓고 있다.

"물론 전체적인 작전에 있어서 몬스터 기사단과 휘하의 2천 병력은 트리아스 자작님의 지휘를 따를 것입니다. 다만 실제 작전에 투입되었을 때 전장의 상황에 따라 제 재량껏 작전을 수행할 수 있도록 해달라는 것입니다."

큰 틀은 따르겠으나 그 큰 틀 속에서 움직이는 작은 틀은 자신의 임의적인 판단에 따라 유동적으로 움직이겠다는 말이다. 그 정도는 충분히 들어줄 수 있었다.

전장의 상황이라는 것이 꼭 예측하는 대로만 움직이는 것이 아닌 이상, 백부장 이하이면 상황에 따라 병력을 움직일 수 있어야만 한다. 다만 백인대의 경우는 단독 작전이 기습 이외에는 별로 할 것이 없기에 가능함에도 잘 시도하지 않는 방법일 뿐이다.

"그렇다면 반대할 이유가 없지요."

트리아스 자작의 말에 다시 입꼬리를 말아 올리는 기사 애덤 던이다. 자신의 의도대로 흘러가고 있기 때문이다.

"허고 오브레임 후작 각하께서는 특별히 이번 패트리아스 백작을 치는 데 10만 골드의 전비와 함께 전마 2천 필을 지원하겠다고 하셨습니다."

"오호, 이런 반가울 데가!"

기실 눈물 나도록 반가운 소식이다. 이미 전쟁을 위해 많은 군량을 준비하고 있지만 전비라는 것은 많으면 많을수록 좋은 것이다. 하지만 결코 반갑기만 한 소식은 아니었다.

전폭적인 지원은 좋지만 이것은 어쩌면 최후의 통첩과도 같았다. 승리하지 못하면 지워 버리겠다는 의미이다.

어차피 패배하면 아무것도 남지 않는 것은 명약관화한 사실이다. 그리고 승리를 하더라도 완벽한 대승을 거두어야만 한다. 만약 오브레임 후작 가문에서 지원한 몬스터 기사단과 병력으로 겨우 승리를 한다면 그 이후의 상황은 보지 않아도 훤하다.

자신은 독립적인 영주가 되는 것이 아니라 그들의 수족이 될 것이다. 가신도 아닌 그저 상황에 따라서 버리는 패, 혹은 소모하는 패로 사용될 가능성이 높았다.

그래서 전폭적인 지원임에도 불구하고 입에서 흘러나오는 목소리와 달리 조금은 굳어진 얼굴이 된 트리아스 자작이다. 물론 패트리아스 백작과의 전쟁에서 패배한다는 생각은 하지 않았다.

하나 그러함에 불구하고 트리아스 자작은 부담이 되었다. 그것도 아주 큰 부담으로 다가오고 있는 것이다.

"허면 제가 전해야 할 사항은 모두 전한 것 같습니다. 아직 확실한 혈맹이 맺어진 것은 아니므로 제가 이 자리에 계속 머물 수 없는 것을 감안하여 이만 일어나 보도록 하겠습니다."

기사 애덤 던은 자리에서 일어났다. 그것은 분명 객이 된 자로서의 배려였으나 기선을 잡기 위해 치열한 두뇌 싸움을 벌이고 있는 트리아스 자작으로서는 결코 좋게 다가오지 않는 행동이다.

하나 트리아스 자작은 역시 노련했다.

"허어, 그렇다고는 하나 전장에서 함께 싸워야 할진대 어찌……."

트리아스 자작의 말에 역시라는 표정으로 입꼬리를 말아 올린 기사 애덤 던이다. 예의상 그저 해본 말이기는 하나 실로 적절하다 할 수 있기 때문이다.

"아닙니다. 완벽하게 자리 잡기 전에는 서로가 조심하는 것이 옳을 것입니다. 후의에 감사드립니다."

"던 경이 그리한다면야……."

"그럼."

절도 있게 목례를 올리고 트리아스 자작의 집무실을 벗어나는 기사 애덤 던이다. 그러한 그를 조용히 노려보는 트리아스 자작. 그가 완전히 집무실을 벗어난 후 트리아스 자작은 가볍게 한숨을 내쉬었다.

"후우~"

"어찌 한숨이십니까? 오브레임 후작 가문에서 이 전쟁에 적극 개입한다면야 우리로서는 좋은 일이지 않습니까?"

타고난 용력이나 무력은 대단하나 그만큼 두뇌가 받쳐 주지 못한 필립스 남작의 말이다. 그에 트리아스 자작과 벨트란 남작이 인상을 찌푸렸다.

"하아, 필립스 남작의 말이 맞긴 하오만 이번 전쟁에서 반드시 승리해야만 하오. 그것도 피해가 많지 않은 대승 말이오."

"하면 될 것 아니오. 벨트란 남작은 자신 없소?"

"아, 그……."

필립스 남작의 말에 벨트란 남작은 무언가 말을 하려다 고개를 젓더니 이내 입을 닫아버렸다. 그러한 벨트란 남작을 바라보던 필립스 남작의 시선이 자연스럽게 트리아스 자작에게로 향했다.

"대승하지 못하면 오히려 오브레임 후작 가문에 흡수당할 수 있음이오. 그들이 전력을 지원해 주긴 하지만 그들의 전력을 사용하게 해서는 아니 되오. 우리의 역량으로만 패트리아스 백작과의 전쟁에서 승리해야 한다는 것이오."

트리아스 자작의 말에도 불구하고 여전히 이해가 되지 않는다는 듯한 표정의 필립스 남작이다. 어차피 오브레임 후작 가문의 그늘 아래로 들어가는데 대체 무엇이 문제라는 말인가?

물론 필립스 남작의 생각이 맞기는 하지만 자신이 주도하는 것과 주도하지 않는 것은 차이가 크다. 바로 오브레임 후작 가문 내에서 자신의 발언권 문제가 되니까 말이다.

"솔직히 이해가 잘 안 됩니다. 승리할 수 있습니다. 지금의 상황을 보면 그들이 전쟁을 준비하기 위해서는 최소 3개

월은 필요할 것입니다. 허나 우리는 이미 준비가 되어 있습니다."

"물론 그렇소."

주관적이 아니라 객관적인 말임에 틀림없었다. 이것은 주변 어느 누가 보아도 그렇다고 단정할 수 있었다. 트리아스 자작은 자신이 왜 이리도 불안해하는지 도무지 알 수가 없었다.

지금의 상황은 필립스 남작이 말한 그대로이다. 이미 자신들은 모든 준비를 완료했다. 약 보름만 준비하면 바로 움직일 수 있었다. 적어도 이제야 전쟁을 준비하는 패트리아스 백작보다 두 달 보름이나 빠르다.

"헌데 대체 무엇이 그리도 불안하십니까? 승리할 수 있습니다. 또한 주도적으로 혈맹에 가입할 수 있을 것입니다. 단지 그 승리가 대승이냐 아니면 약간의 손해를 입느냐가 중요하지 않겠습니까?"

"그렇습니다. 지금은 당면한 문제에 집중하는 것이 좋을 것 같습니다. 이후의 일은 이후에 생각하면 될 것입니다. 승리하고자 하면 승리하지 못할 것이 없지 않겠습니까?"

필립스 남작과 벨트란 남작의 말에 트리아스 자작은 고개를 주억거렸다. 그러했다. 일어나지 않은 일이다. 불안하다고는 하나 그 불안의 실체를 모르는 지금, 아무리 고민한다

해도 답이 나올 수는 없었다.

"좋소. 최대한 빠르게 준비하시오. 그들이 빠르게 움직이면 우리는 더욱더 빠르게 움직이면 될 것이오."

"옳으신 말씀입니다."

"명을 따릅니다."

트리아스 자작의 명에 모두가 자리에서 일어나 집무실을 벗어났다. 솔직히 그들이 나가서 할 일이란 별로 없었다. 하나 할 일은 없더라도 가장 상층부에 있는 이들이 감독을 하는 것과 하지 않는 것은 그 준비에 있어서 차이가 대단히 커질 수밖에 없다.

비록 자신들의 욕심과 아집에 의해 잘못된 판단을 했다고 하나, 그들은 하루에도 수십의 귀족과 기사가 죽어나가고 새로 작위를 획득하는 지금의 형세에서 여전히 살아남은 자이다.

그들이 그렇게 빠르게 준비를 해나가는 동안 제논 역시 전쟁을 위한 준비에 박차를 가하고 있었다. 이미 즉시 전력이 될 120명의 기사와 3천의 정예 병력이 준비되었고, 비록 산적이지만 정규 병력 이상으로 훈련이 잘되어 있는 붉은 검 산적단이 있다.

또한 기존의 기사나 병사들이 이미 흡수된 상태이다. 해볼 만하다는 생각이 들 정도로 빠르게 전력이 강화되어 가고 있었다. 그렇게 준비를 마쳐가는 제논에게 한 명의 손님이 찾아왔다.

"……."

"……."

제논의 집무실에 두 명의 사내가 마주 보고 있다. 한 명은 분명 제논이고 또 한 명은 190센티미터 정도의 키에 짧은 금발, 호목에 각진 얼굴, 넓은 어깨와 잘록한 허리를 가진 이다.

"…오랜만이로군."

"살아 있었더냐?"

제논의 담담한 말에 겨우 그것뿐이냐는 눈빛으로 마치 제논을 씹어 먹을 듯 으르렁거리며 말을 하는 사내이다.

"살았으면 어디 깊은 곳에, 혹은 아무도 모르는 곳에 처박혀 있을 것이지 왜 돌아왔느냐? 애비, 어미가 죽고 형제자매가 죽음에 노출되어 아귀지옥에 빠졌을 때 대체 어디에 꼬리를 말고 고개를 처박고 있었기에 이제야 돌아왔느냐?"

"……."

제논은 자신을 향해 거침없이 말하는 사내를 바라보았다. 그러한 그의 눈동자는 무심했다. 마치 아무런 감정이 없는 것처럼 말이다. 제논의 눈동자를 바라보는 사내는 그것에 오히려 더 화가 났다.

"말을 해라. 말을 하란 말이다, 이 잔인하고 비겁한 나의 옛 친우여!"

나의 옛 친우.

그는 제논과 코마롬 자작의 아들 프라니우스, 그리고 집사장의 아들인 울보 헤르메스와 함께 어린 시절 추억을 만들었던 친우 중 한 명인 크리스 웨인라이트였다.

그의 부친은 바로 코마롬 자작 가문의 기사단장이었던 브라이언 웨인라이트이다. 과거형으로 말한 것은 크리스 웨인라이트의 부친은 30년 전 이미 죽임을 당했다.

단지 패트리아스 백작 가문과 연관이 있으며 국왕의 명에 반하고 역적을 옹호했다는 죄목으로 말이다.

"듣고 싶은가?"

"…변명을 해라."

"그래, 변명을 하지."

그렇게 말하면서 제논은 상의를 벗었다. 그 자리에는 클라렌스와 스웬슨, 젠슨, 베컴 집사장과 그의 아들인 헤르메스와 캠프 남작도 있었다.

그리고 그들은 보았다. 몸 전체를 감싸고 있는 수십 개의 자상을 말이다. 그리고 약간 색깔이 다른 피부색까지 모두 보았다. 하지만 그것이 무엇을 의미하는지는 몰랐다.

단지 알 수 있는 것은 그 자상이 한 치의 틈도 없이 전신을 빼곡하게 감싸고 있다는 것이다. 사람이 얼마나 많은 위험에

노출되었으면 저런 엄청난 자상을 입을 수 있을까 하는 의문
이 들 정도이다.

"…무엇이냐?"

크리스의 물음에 제논은 왼손을 들어 보였다.

"이건 내 손이 아니다."

"뭐?"

제논은 크리스의 물음에 답하지 않았다. 그리고 다시 오른
손을 들어 올리더니 왼손에 단검을 들고 오른손의 팔뚝을 주
욱 그었다. 검붉은 피가 흘러나왔다. 분명 인간의 피다.

"이 피는 나의 피, 인간의 피가 아니다."

"…무슨 소리를 하는 것이냐?"

크리스는 여전히 검붉은 피가 흘러나오는 제논의 오른팔
을 바라보고 있었다. 하나 그의 눈동자는 흔들리고 있었다.
그가 바라보고 있는 제논의 오른손이 급격하게 아물어가고
있었다.

분명 치유되기에는 어느 정도 시간이 걸릴 것이라 예상한
베인 곳이, 이미 아물어 상처가 난 흔적조차 남아 있지 않았
다. 다만 가늘게 비치는 혈흔이 그가 단검으로 그곳을 갈라
피가 흘렀다는 것을 알려줄 뿐이다.

"나의 심장은 와이번의 심장이요, 나의 힘줄은 오우거의
힘줄이며, 나의 눈의 그리폰의 눈이며, 나의 왼손은 웨어 울

프의 손이며, 나의 오른손은 과거 500년 전 마스터의 팔이
며, 나의 피는 트롤의 피며, 나의 피부는 드레이크의 피부이
다."

"……."

누구도 입을 열지 않았다. 클라렌스를 제외하고는 모두 처
음 듣는 제논의 신체 비밀이었다.

"나는 기억을 봉인당하고 8년을 고문과 훈련, 그리고 실험
당했다. 과거를 모른 채 다시 7년을 살인을 저질렀다. 그리고
15년 전 제거당했다. 제국의 글레이든 산맥 깊숙한 곳에서 말
이다."

"……."

제논의 말에 크리스의 눈가가 파르르 떨렸다. 자신은 상상
조차 할 수 없는 일을, 나약하고 비겁하다 생각하고 버리고
싶은 과거를 너무나도 담담하게 말하고 있다.

"이곳까지 돌아오는 데 30년이 걸렸다. 기억을 되찾는 데
15년이 걸렸다."

"…왜? 왜 이제야 왔더냐?"

"비겁해서, 지우고 싶어서, 세상 속에 파묻혀 살기 싫어서,
그래서 돌아오지 않으려 했다. 나는 비겁했는지도 모른다. 아
니, 비겁했다. 과거를 잃었다고 해서 돌아오지 않고 나 개인
의 영달을 위해 모든 것을 묻고자 했으니 말이다. 가족도, 나

를 배신한 친구도, 나를 잊은 과거의 연인도 말이다."

크리스는 답답해져 오는 마음에 무어라 말하고 싶었으나 도저히 입이 떨어지지 않았다. 자신 역시 고통 속에 살았다고 생각했다. 비겁한 친구 때문에, 고지식한 아버지와 아버지의 친구들 때문에.

되지도 않는 노블리스 오블리제와 기사도라는 것 때문에 가문이 풍비박산 났다고 생각했다. 모든 것을 잃고 몬스터가 우글거리는 산속에 들어가 힘들게 살았다고 생각했다.

그런데 오랜 친구의, 치욕스럽고 감추고 싶은 과거의 잔재라 생각했던 친구의 말을 듣고는 왠지 모르게 가슴이 답답해져 왔다.

"그런데 세상이 나를 다시 불러냈다. 과거 나를 배신하고 나의 연인을 가로챘던 친구가 나를 불러냈다. 그래서 세상으로 나왔다. 허나 나는 비겁할지라도 어리석지는 않았다. 나 혼자 그들에게 복수할 수 없다는 것을 안다. 그리해서 나는 준비했다."

"멍청한 놈! 너는 친구라는 것에 대해 전혀 모르고 있구나! 이 미련한 놈아, 어찌 날 찾아오지 않았더냐? 과거 깨복쟁이 친구를 어찌 찾아오지 않았더란 말이냐? 네놈이 비겁하다 하더라도 널 깨우쳐 널 도와줄 이 과거를 왜 찾지 않았더란 말이냐, 이 미련 곰탱이 같은 놈아!"

크리스는 으르렁거리면서 외쳤다. 분노하는 크리스를 바라보며 제논은 벗어놓은 상의를 다시 주섬주섬 걸쳤다. 그리고 입을 열었다.

"너도 나만큼 힘들고 지쳤을 테니까. 너를 볼 면목이 없었으니까. 결국 나를 변호하는 변명일 뿐일 테니까. 이기심일지 모르나 나 혼자 가고 싶었으니까."

"그런데 왜 돌아왔더냐?"

크리스의 물음에 제논은 곁에서 자신의 외투를 들고 있는 클라렌스를 바라보았다. 그리고 스웬슨을 바라보았고, 젠슨을, 헬만을, 헤르메스를, 고든 아저씨를 차례로 훑어보았다.

"이미 나 혼자가 아니게 되어버렸다. 과거의 인연이 날 찾아왔고, 난 과거의 인연을 받아들였지. 이기적이게도 누구도 원치 않았으나 나는 그들을 인연으로 얽매고 있었지. 나의 복수를 위해서 그들을 이용하고 있었지."

"네가 원했더냐?"

"……."

제논은 크리스를 바라보았다. 크리스 역시 제논을 똑바로 바라보고 있다.

"그럴지도."

"멍청한 놈. 너는 여전히 멍청하고 유약하구나. 조금은 달라졌을 것이라 생각했는데 여전하구나, 네놈은. 그들이 그것을 모를 것이라 생각하더냐? 그따위 되지도 않는 자격지심은 치워라. 그들은 너이기에 너에게 자신의 생명을 허락한 것이다, 이 멍청한 놈아."

"거참, 무식하게 생긴 양반이 말은 참 잘허네."

불쑥 스웬슨이 끼어들었다. 그에 크리스의 시선이 그에게로 향했다.

"네놈은 또 뭐냐?"

"나? 나야 뭐, 성님 동생."

"하프 오우거로군."

"땅꼬마보다는 낫지 않수?"

히죽 웃으며 말하는 스웬슨이다. 그에 마주 웃는 크리스였다.

"이놈! 네 형님의 친구시다!"

"어이고! 알았수, 성님."

크리스의 역정에 급히 허리를 굽히며 넉살좋게 성님이라 부른다. 그런 스웬슨을 보며 어처구니없다는 표정을 지은 크리스가 제논에게로 걸어갔다. 그리고 그의 앞에 섰다.

"잘 돌아왔다, 이 곰탱이 새끼야."

크리스의 말에 제논은 피식 웃어버렸다. 어디를 봐도 코마롬 자작 가문의 기사단장이던 자의 아들로 보이지 않았다. 그저 뒷골목에서 주먹깨나 쓰는 그저 그런 건달로 보였다.

둘의 시선이 얽혔다. 둘은 팔을 벌리고 부둥켜안았다. 제논은 크리스의 등을 토닥거리며 잠시간 그대로 있다가 떨어져 나왔다.

"몇 명이나 왔냐?"

치기 어린 10대 때나 하던 질문이다. 귀족가의 형식이란 이미 천 킬로미터 밖으로 내던진 지 오래였다.

"박박 긁어서 6천이다."

"쓸 만은 하고?"

"트리아스 자작이 똥줄 타고 있는 것 모르지? 우리 애들, 정규군보다 나으면 나았지 못하지는 않을 것이다."

크리스의 말에 고개를 주억거린 제논이다. 그리고 주변을 한 번 쓰윽 훑어보았다. 무언가 결심한 표정이다.

"반기를 든 영지군보다 빠르게 움직여야 합니다. 캠프 남작과 헤르메스는 기사 120명과 병력 5천으로 벨트란 남작의 영주성을 점령한다. 크리스 너는 기사 200명과 너의 병력 6천으로 필립스 남작의 영주성을 점령한다."

"그러는 넌?"

크리스의 물음에 그저 담담하게 웃어 보이는 제논이다. 남은 곳이 한 곳밖에 없음을 안다. 그래도 설마했다. 무슨 생각을 하는지 모를 지경이다.

"설마 너······."

"그 설마가 맞을 것이다."

"미친 새끼."

"미치지 않고 어떻게 이 세상을 살까? 미쳐 돌아가는 세상을. 나를 믿어라."

"믿고 안 믿고의 문제가 아니잖아!"

제논의 말에 크리스가 빽 고함을 질렀다. 크리스의 입장에서는 그럴 수밖에 없었다. 아니, 클라렌스와 스웬슨, 그리고 젠슨을 제외하고는 모두 다 그렇게 생각할 것이다.

그들은 제논의 무력을 한 번도 본 적이 없다. 실제로 클라렌스나 스웬슨, 그리고 젠슨의 실력조차 제대로 본 적이 없다. 그러하니 당연히 걱정이 되고 불가능하리라 생각하는 것이다.

"너는 내 옆에 있는 이 여인의 실력을 아냐? 내 의동생의 실력은 물론이고 젠슨의 실력을 아냐?"

"······."

알 리가 없다. 안다는 것이 잘못된 것이 아닌가 말이다. 제논의 뜬금없는 말에 굵은 호목을 끔뻑거리기만 하는 크리스이다. 그것은 제논이 언급한 이들을 제외한, 집무실 안에 있는 모든 이들 역시 그러했다.

"클라렌스는 8서클의 현자이다. 스웬슨은 이미 마스터 서

너 명은 너끈히 대적할 정도이고, 젠슨 역시 스웬슨보다는 못하나 마스터쯤은 장난감처럼 가지고 놀 정도이고."

제논의 말에 입을 벌리는 크리스였다. 믿고 싶다. 그것이 사실인지 아닌지 몰라도 말이다. 그러나 너무나 비현실적이어서, 도저히 상상조차 할 수 없기 때문에 놀라야 하는지 아니면 다른 행동을 보여야 하는지조차 잊어먹고 있다.

8서클의 현자? 누군가 들었다면 미친놈이라고 할 것이다. 제국의 황실 마탑의 마탑주가 겨우 6서클 마스터이다. 일반 왕국의 왕실 마탑주가 5서클 마스터고 말이다.

그리고 마스터? 대체 마스터라는 말이 어느 시대 때의 말인지 모를 지경이다. 전통적으로 내려오는 고대 문헌에서나 겨우 언급되는 존재가 마스터 아닌가?

그러니 전혀 비현실적인 제논의 말이다. 하지만 제논의 표정은 진지했다. 절대 거짓말이 아니라는 표정이다. 그에 크리스는 고개를 저었다.

"믿고 싶다. 그들이 그렇다는 것을 말이다. 솔직히 너무 비현실적이어서 놀랍지도 않다. 허면 너는 무엇이냐? 너도 마스터냐? 고대의 전설에나 나오는 마검사나 정령검사냐?"

"제대로 알고 있군."

담담한 제논의 음성에 숨소리조차 내지 못하는 크리스이다. 그것은 다른 이들도 마찬가지였다. 마검사? 정령검사? 그게 말이나 되는 소리인가? 8서클의 현자와 마스터조차 웃겨 죽을 지경인데 말이다.

"나와 스웬슨은 정령검사다. 젠슨은 1.5세대 정도 되는 라이칸 슬로프이고."

"허어~"

"정령검사? 라이칸 슬로프?"

역시 믿지 못하고 있다. 그런 크리스의 모습에 제논은 피식 웃어버렸다.

"무엇을 보여줄까? 무엇으로 증명할까?"

"…엔다이론(Endairon)."

제논은 크리스의 말에 고개를 끄덕였다. 엔다이론이라면 물의 상급 정령이다. 아마도 고대로부터 내려오는 전설 같은 신화에 나오는 정령의 이름을 내뱉었을 것이다.

"정령 소환(Summon Elemental)! 엔다이론(Endairon)!"

모든 시선이 제논에게로 쏠렸다. 그가 고대 이후로 존재조차 알려지지 않은 정령을 소환했다. 그것도 가장 아름답고 고결하다는 물의 상급 정령을 말이다.

스스슷!

제논의 등 뒤로 밝은 서광이 비쳐들기 시작했다. 그 눈부시게 밝은 서광에 제논을 바라보고 있던 모든 이들은 손을 들어 빛을 가리고 눈을 가늘게 뜨며 조금이라도 더 자세히 보기 위해 전면을 응시했다.

그리고 마침내 그들의 눈동자에 투명한 무언가가 맺혔다. 3미터의 거대한 체구에 푸른 물로 이루어져 찰랑이며 나타난 존재. 물로 이루어진 긴 머리가 그녀의 전신을 가리고 있고, 왼손에는 물로 만들어진 방패, 오른손에는 물로 만들어진 삼지창을 들고 오연하게 현신하고 있다.

사람들은 어느새 감탄과 경외심이 어린 눈동자로 물의 상급 정령인 엔다이론을 바라보고 있다. 정령이란 원래 성별이 없으나, 인간들이 상상하는 성스럽고 고결한 그 모습 그대로 현신하고 있다.

"믿겠나?"

끄덕끄덕.

끄덕이지 않을 수 있겠는가? 자신의 눈앞에서 고대의 전설이 실현되었는데 그것을 어찌 믿지 않겠는가?

"정령 소환(Summon Elemental)! 노에스(Gnoess)!"

제논이 엔다이론을 현신시킨 때와 같이하여 스웬슨이 대지의 상급 정령을 소환한다. 그에 그의 등 뒤로 황금빛의 휘황한 서광이 일어나며 덥수룩한 수염과 커다란 황금의 방패, 그리고 대지를 쪼갤 듯 거대한 해머를 든 전사가 모습을 드러내었다.

"허어~ 허허허."

그것이 끝이 아니었다. 제논의 옆에 고요하게 서 있던 클라렌스의 오른손에는 어느새 압축된 백염의 화염구가 들려 있다. 제국의 황실 마탑주조차 실현시키기 힘든 6서클의 플라즈마 볼(Plazma Ball)이 아무런 주문 영창도 없이 스르르 떠오른 것이다.

"역소환!"

"캔슬!"

제논이 물의 상급 정령을 역소환하자 스웬슨 역시 대지의 상급 정령을 역소환하였고, 클라렌스는 플라즈마 볼(Plazam Ball)을 캔슬시키고 있다. 믿기 힘든 현실이 바로 그들 앞에서 벌어지고 있는 것이다.

8서클의 현자가 등장했고, 물의 상급 정령조차 너무나도 가볍게 소환하는 정령사가 자신의 친우였고, 그의 의동생은 대지의 상급 정령을 다루었다. 그리고 나머지 한 명은 변신을 하지 않았음에도 불구하고 강철보다 날카로운 손톱이 30센티미터가 넘게 자라나더니 사라졌다.

"인간이… 아니로군."

크리스의 눈으로 보기에 제논은 정말 인간이 아니었다. 하나 제논은 쓸쓸하게 웃을 뿐이다. 인간의 두뇌에 몬스터의 몸과 피와 살, 뼈를 가졌다.

어쩌면 자신은 인간이 아닐지도 몰랐다. 그렇게 생각하는 제논의 입이 떨어졌다.

"인간의 정신을 가지고 그들에게 복수를 할 수 있다고 보나?"

"강하기는 하지만 그들 역시 인간이다."

제논이 하는 말의 의미를 제대로 파악하지 못한 크리스였다. 자신의 가벼운 말이 제논에게 어떻게 전해졌고, 제논이 하는 말이 어떤 의미로 내뱉어진 것인지 몰랐다.

"누가 그들을 인간이라 하지?"

크리스는 제논의 말에 의구심 어린 눈동자로 그를 바라보았다. 무슨 말인가? 복수의 대상자, 즉 헤밀턴 공작 가문과 오브레임 후작 가문의 사람들이 인간이 아니라는 말인가?

"무슨 말이지?"

"넌 라이칸 슬로프가 놀랍지 않나?"

"그야 당연히 놀랍지."

"허면 라이칸 슬로프가 등장했을 때 따라오는 것이 있다고 생각하지 않나?"

"뭐?"

제논의 말에 눈을 부릅뜨는 크리스였다. 비단 크리스뿐만이 아니었다. 둘의 대화를 듣고 있던 이들 모두가 당혹 어린 모습을 보여주고 있다. 그중 가장 노회한 집사장 베컴은 불현듯 몸을 부르르 떨었다.

"서, 설마……."

베컴 집사장은 입을 벌려 혼잣말처럼 내뱉었다. 다른 이들의 시선이 베컴 집사장에게로 향했다.

"뭡니까, 아버지?"

"뭡니까?"

"태양이 떠올라 밤이 물러남에 달은 모습을 감추고 어둠을 호위하며 살아갈지어다. 다시 밤의 어둠이 몰려옴에 달이 떠오를지어다."

마치 한 구절의 시구를 읊듯이 말하는 베컴 집사장이다. 크리스와 헤르메스, 그리고 캠프 남작은 그 의미를 몰라 이마를 찌푸렸다.

"라이칸 슬로프는 달의 일족이라 일컬어지고, 뱀파이어는 밤의 일족이라 일컬어진다. 또한 달의 일족인 라이칸 슬로프는 태양이 온 세상을 밝힐 때 밤의 일족인 뱀파이어를 보호하는 파수꾼이 된다."

담담한 제논의 말이 흘러나왔다. 그에 베컴 집사장을 향해 있던 시선이 일제히 제논에게로 향했다.

"그 말은……."

끄덕.

크리스의 말에 제논이 고개를 끄덕였다. 그제야 제논의 말과 베컴 집사장의 말을 이해한 이들이다. 그리고는 무거운 침묵에 빠져들었다.

"우리의 적은… 뱀파이어인가?"

"그들을 호위하는 라이칸 슬로프 역시."

제논의 말에 크리스의 시선이 젠슨에게로 향했다.

"라이칸 슬로프는 현재 둘로 나눠져 있다. 뱀파이어로부터 벗어나고자 하는 일족과 여전히 뱀파이어의 노예로 살아가길 원하는 일족으로 말이다."

"젠슨은……."

"너의 생각이 맞을 것이다."

제논의 말에 고개를 끄덕이는 크리스이다. 이제 모든 것이 이해가 되었다. 모든 앙금이 사라졌다. 그리고 이제 남은 것은 복수를 위해 일어서는 것뿐이었다.

"언제 시작하지?"

"준비되는 대로!"

"나는 이미 준비되었다!"

"저 또한 준비되었습니다!"

크리스가 가슴을 펴며 외치자 헤르메스와 캠프 남작 역시 커다랗게 외쳤다. 복수도 복수지만, 인간들이 살아가는 세상에 뱀파이어와 라이칸 슬로프가 권력 최상층으로 존재한다는 말을 듣자 명분과 당위성을 한꺼번에 가지게 된 이들이다.

"빠른 시간 안에 그들의 영주성을 점령하도록 한다."

"명을 받듭니다."

명을 받은 이들이 모두 집무실을 나갔다. 집무실에는 클라렌스와 스웬슨, 젠슨, 그리고 집사장 베컴만이 남았다. 제논이 젠슨을 바라보며 입을 열었다.

"라이칸 슬로프 기사 중 200을 남겨 집사장의 명을 받는다. 문제 있나?"

"문제없습니다."

대동한 300의 라이칸 중에 무려 200을 제외시켰지만 전혀 문제될 것이 없다고 말하는 젠슨이다. 젠슨은 이들의 전력을 알고 있었다. 이들만으로도 차고 넘치기 때문이다.

제논의 시선이 다시 집사장에게로 향했다.

"아저씨."

"말씀하십시오."

"이곳을 지켜주세요."

"가능할지……."

"가능할 것입니다."

"……."

말이 없었다. 물론 트리아스 자작 연합군이 이곳으로 진격할지 안 할지는 모른다.

그래도 만에 하나를 준비해야만 했다. 모든 병력이 빠지고 영주성을 단지 200의 기사와 몇백 정도밖에 안 되는 경비대로 지킨다는 것은 어불성설이다.

"클라렌스, 아이작스 백작과 통신 연결 부탁한다."

"알았어요."

클라렌스의 나풀거리는 로브 소매에서 녹색과 푸른색이 어우러진 수정구 하나가 두둥실 떠올랐다. 그리고 밝은 빛을 토해내더니 웅웅거리며 진동하기 시작했다. 일 분도 되지 않아 진동하던 수정구에서 빛이 쏘아지더니 하나의 영상이 허공에 맺혔다.

"오랜만에 뵙습니다, 마스터."

허공에 맺힌 상이 마치 눈앞에서 말하는 양 입을 열었다.

"오랜만입니다, 아이작스 백작님."

제논의 말에 살짝 미소를 지으며 고개를 숙여 보이는 아이작스 백작이다. 그를 안 본 지 석 달 가까이 되나 자신이 떠나올 때보다 한결 성숙하고 유연해진 느낌이다.

"헌데 어인 일로 저에게 통신을 요구하셨는지요."

"부탁드릴 일이 있습니다."

여느 백작이나 귀족이었다면 제논이 이리도 선선히 부탁이라는 말을 꺼내지 않았을 것이다. 아이작스 백작이기에 부담 없이 꺼내놓은 것이다.

"어떠한 부탁이든지."

제논의 예상대로 무엇인지 들어보지도 않고 승낙하는 아

이작스 백작이다. 아마도 아이작스 백작은 어느 정도 예상하고 있었을 것이다.

코린 왕국의 수도에서 벌어진 사건은 왕국의 변방인 아이작스 백작 가문에게도 전해졌고, 명석한 아이작스 백작은 앞으로 어떠한 일이 일어날지 잘 알고 있었다.

왜냐하면 자신이 던전을 탐사하고 복귀한 과정과 다르지 않은 상황이기 때문이다. 사람 사는 곳은 어디나 다 똑같다. 그리고 기득권층 역시 어딜 가나 다 똑같고 말이다.

"병력이 필요합니다."

"이미 준비해 두었습니다."

제논과 아이작스 백작은 서로를 바라보며 웃음 지었다. 이심전심이랄까? 이제 스물이 갓 넘은 아이작스 백작이었으나 여느 노회한 귀족 못지않은 대응이다.

"기사는 겜블 경 이하 제2기사단 100명과 병력 3천이 갈 것입니다."

"고맙습니다."

"별말씀을. 마스터가 있지 않았다면 지금의 아이작스 가문은 존재하지 않을 것이고, 겜블 경 역시 마찬가지입니다."

영상구의 대화를 듣고 있던 베컴 집사장은 진정으로 놀라고 있었다. 어느 누가 있어 기사 100명과 병력 3천을 아무런 조건도 없이 선뜻 내어줄 수 있단 말인가?

믿기지 않을뿐더러 믿을 수 없는 말임에 분명하였다. 그리고 베컴 집사장은 느낄 수 있었다.

'참으로 많은 준비를 하셨구나.'

그러했다. 참으로 많은 준비를 했다. 영지 최고의 무력이라는 기사와 3천의 병력은 결코 쉽게 지원해 줄 수 있는 전력이 아니었다.

동북방의 신흥 강자라 일컬어지는 아이작스 백작 가문이라 하지만 인구 비율이나 가진 바 재력을 고려해 본다면 분명 상당한 출혈임에 분명하거늘 그러한 것을 두말없이 내어주고 있는 것이다.

"영지를 정리하면 백작님과 크레센트 자작을 초청하고 싶군요."

"언제든지 환영합니다. 또한 마스터의 영지가 본 영지와 그리 멀지도 않으니 그날을 학수고대하고 있겠습니다."

"그럼 그때 다시 연락하도록 하겠습니다."

"마스터의 건승을 빕니다."

그 말을 끝으로 허공에 맺혔던 푸른색과 녹색의 영상이 스르르 빛을 뿌리며 사라졌다. 그리고 두둥실 떠 있던 수정구가 널따란 클라렌스의 소매 속으로 빨려들어 갔다.

"지원 병력이 도착하려면 아마 한 달 정도 걸릴 것입니다."

"만반의 준비를 하도록 하겠습니다."

"고맙습니다."

베컴 집사장은 본능적으로 지원군을 손님으로 맞아들일 것이라는 제논의 생각을 읽었다. 그것은 만약을 위해 그들의 지원을 받아 영주성을 지키겠으나 결코 그런 일은 일어나지 않을 것이라는 무언의 자신감이었다.

"그럼 다녀오겠습니다."

제논이 자리에서 일어나며 베컴 집사장에게 말했다. 그를 바라보며 희미한 미소를 짓는 베컴 집사장이다.

"건승을 기원하겠습니다."

"곧 좋은 소식이 있을 것입니다."

제논 역시 슬쩍 입꼬리를 말아 올린다.

그리고,

"가지!"

제논과 클라렌스, 스웬슨, 젠슨이 집무실을 나섰고, 그들이 영주관을 나섬에 1백의 라이칸 슬로프 기사가 따라 움직였다. 비록 1백이 조금 넘는 인원이었으나 그 모습이 어찌나 당당한지 출진하는 그들을 바라보는 베컴 집사장의 노안에 투명한 눈물이 진물처럼 흘러내리고 있다.

"보셨습니까? 그의 첫걸음입니다. 다시 우뚝 설 것입니다. 영광스러운 코린 왕국의 검과 방패로 다시 설 것입니다."

그렇게 베컴 집사장은 한동안 제논의 집무실 창가를 벗어나지 못했다. 그들의 모습이 영주성 너머로 아스라이 멀어질 때까지 그는 그 자리를 떠나지 않았다.

Chapter 02

제논이 세 방향으로 병력을 나눠 출진하는 그 순간 트리아스 자작의 연합군 역시 이미 병력을 출발시켜 위풍당당하게 행군을 시작하고 있었다. 그러한 그들의 표정은 매우 밝고 자신감에 차 있었다.

　그럴 수밖에 없는 것이, 그들은 패트리아스 백작을 철저하게 무시하고 있었다. 아니, 모든 정보와 그들을 바라보는 시선이 상대가 안 되는 그런 전쟁일 수밖에 없었다. 또한 원래 사람이란 자신이 보고 싶은 것만 보고 자신이 믿고 싶은 것만 믿는 경향이 있다.

지금의 트리아스 연합군이 바로 그 짝이었다. 수뇌부가 그러한 생각을 가지고 있는데 그들을 따르는 수하는 어떠할 것인가? 그들 역시 자신만만하여 이미 승리를 눈앞에 둔 듯 안하무인으로 행동하고 있었다.

하지만 그러한 행동을 트리아스 자작이나 필립스 남작, 그리고 벨트란 남작은 별로 탓하지 않았다. 그들에게 비친 기사들과 병사들의 행동은 자신감이었기 때문이다.

그러한 자신감을 빙자한 자만심 가득한 행태에 눈살을 찌푸린 것은 오직 오브레임 후작 가문의 특사로 파견된 기사 애덤 던뿐이었다. 그는 이것이 분명 옳지 않다 여겼다.

"아직 전투를 한 번도 치르지 않았습니다. 군의 기강이 너무 해이해진 것 같습니다."

예의 애덤 던의 무감정한 목소리가 이어졌다. 그에 즐거운 분위기의 전략회의 석상은 일순 적막함이 감돌았다. 트리아스 자작은 물론이고 두 남작 역시 안색을 찌푸렸다.

"전투를 치르지 않은 것은 제대로 된 반격이 없었기 때문이오. 어디 성주들이 싸우려는 의지라도 보인 적 있소? 이러한 판국이니 당연히 전투를 치르지 않은 것 아니겠소?"

"전투는 성주들과 하는 것이 아닌 패트리아스 백작과 하는 것입니다. 그 이전까지 결코 방심해서는 아니 될 것입니다."

딴은 맞는 말이었다. 하지만 알고 있음에도 쉬이 받아들일 수 없는 애덤 던의 발언이다. 트리아스 자작 가문의 기사단장으로 있는 길라스피 남작이 준엄한 표정으로 입을 열었다.

"물론 던 경의 말이 틀림없는 사실임은 인정하오. 허나 가신을 거느린 백작이오. 그러한 백작이 한 달 동안 영지 내의 성주들조차 제대로 단속하지 못함은 이미 그가 패했다고 해도 과언이 아닐 것이오."

길라스피 남작의 말에 애덤 던을 제외한 모든 이가 고개를 끄덕였다. 마치 당연한 이야기를 한다는 듯이 말이다. 이들은 알고 있다. 영지를 받고 영지에 부임하면 반드시 해야 할 것이 정지 작업이라는 것을 말이다.

영지의 영주가 있든 없든 간에 영지는 반드시 그 영지를 다스리는 영지관들이 있다. 이른바 토착 세력이다. 그들을 품거나 혹은 처단하지 않으면 결코 영지가 제대로 돌아가지 않는다.

한데 지금 이들이 패트리아스 백작이 직접 다스리는 영지에 들어섰음에도 불구하고 각 성을 다스리는 영주들이 결코 적대하지 않는다는 것은 영지관들이 패트리아스 백작을 영주로 인정하지 않는다는 것을 의미한다.

그러하기에 트리아스 자작 이하 모두가 이번 전쟁은 반드시 승리할 것이라고, 이미 승리는 따 놓은 당상이라고 생각하고 있는 것이다. 엄정해야 할 군기가 해이해지는 것은 당연한 일이다. 전쟁은 결코 혼자 하는 것이 아니니 말이다.

"그들이 아군을 적대하지는 않았으나 환영 역시 하지 않았다는 것을 모르는 것입니까?"

그러했다. 영지관들은 그들을 환영하지도 적대하지도 않았다. 트리아스 자작의 연합군은 적대하지 않은 것에만 신경 쓸 뿐, 자신들을 환영하지 않았음은 생각하지 않고 있었다.

"그것은 우리가 두렵기 때문이오. 영지관들은 귀족이 아니오. 영주의 명에 의해 언제든지 그 자리를 내어주어야만 하는 평민 관리이오. 그들이 취해야 할 입장은 바로 중립을 지키는 것이오. 그래야만 살아남을 수 있음이니 말이오."

길라스피 남작의 말은 기사단장이라는 점에도 불구하고 논리 정연했다. 몇몇 기사는 그의 말에 손뼉까지 친다. 참으로 허점을 찾을 수 없는 말이긴 했다.

"허나 상대를 얕보아서는 아니 될 것입니다. 그는 왕국의 검과 방패이던 가문의 유일한 생존자입니다. 30년이 지났다고는 하나 그에게 동조하지 않은 자들이 없으리란 법은 없지 않습니까?"

"…그래서 어쩌잔 말이오?"

기어코 트리아스 자작이 불편한 얼굴을 하며 착 가라앉은 목소리로 애덤 던에게 따지듯 물었다. 그러함에도 애덤 던은 그의 심정에는 별로 신경 쓰지 않고 자신이 할 말을 다했다.

"최대한 빠르게 진군해 단번에 패트리아스 백작의 목을 움켜쥐어야 합니다. 전쟁이라는 것은 빨리 끝나면 끝날수록 좋지 않겠습니까?"

분명 맞는 말이다. 하나 겨우 기사가, 후작 가문의 특사라는 자격을 가지고 자작인 자신의 심경은 전혀 신경 쓰지 않은 채 할 말을 다하는 것이 영 보기 좋지 않았다.

그에 트리아스 자작이 입을 열려고 했다. 그때 전략회의 천막의 입구를 들추며 안으로 들어오는 기사가 있었다. 그런데 매우 낭패한 표정으로 얼굴이 잔뜩 굳어져 있다.

"무슨 일인가? 특별히 바쁜 일이 아니면 들이지 말라 하였을 터인데."

"죄송합니다. 허나 정보가 정보인지라……."

기사의 안색을 살핀 트리아스 자작이 손을 들어 보이며 그의 대답을 기다렸다.

"패트리아스 백작이 움직였습니다."

"……."

"……!"

기사의 말에 장내가 조용해졌다.

"어떻게……?"

"그것이… 알아본 정보로는 산적을 흡수했다고 합니다. 또한 캠프 남작이 그동안 비상(飛上)을 위해 준비한 기사와 병력이라고 합니다. 물론 영주부를 지탱하던 병력과 기사들은 그대로 흡수했고 말입니다."

적막감이 감도는 막사이다. 그 누구도 말을 먼저 꺼내지 않았다. 그만큼 기사의 보고는 충격적이었던 것이다.

"그들이… 어느 쪽으로 움직인다고 하던가?"

"그것이……."

잠시 망설이는 기사이다. 얘기하기가 쉽지 않은 듯이 말이다. 트리아스 자작은 고갯짓으로 기사를 독촉했다. 그에 어렵게 기사의 입이 열렸다.

"세 분 영주님의 영주성이라고 합니다."

"뭐, 뭣?"

"영주… 성?"

기사의 답에 입을 쩌억 벌리고야 마는 세 귀족이다. 생각지도 못한 일이다. 패트리아스 백작이 산적들을 흡수했다는 것도 믿을 수 없고, 그 산적들로 세 영지의 영주성으로 진군했다는 말조차 믿을 수 없다.

"그 정보, 사실인가?"

"정보 길드를 통해 얻어낸 정보입니다."

"크흐음."

정보 길드. 블랙 맘바에서 운영하는 길드이다. 말이 정보 길드이지 솔직히 어쌔신 길드라고 해도 과언이 아니다. 특히나 트리아스 자작과 밀접한 관계를 유지하고 있는 자는 블랙 맘바의 토마스 매카비라는 자다.

블랙 맘바 내 서열 2위인 자로서, 서열 1위인 마이클 레빗과 같은 어쌔신이면서도 더욱더 어두운 의뢰를 도맡아 하는 이다. 의뢰를 완수하기 위해서는 그 어떤 수단과 방법도 가리지 않는 그였기에 상당히 많은 재물이 관여된 이번 영지 내 전쟁을 전격적으로 지원하는 것이다.

하지만 그러함에도 그들의 정보력은 우수했다. 트리아스 자작의 어용 상단인 트리아스 상단에서조차 알아내지 못한 중요하고 핵심적인 정보를 그들로부터 제공받고 있음이다.

물론 그 정보를 얻기 위해서는 막대한 금액이 들어가지만 그러함에 상대보다 먼저 전략을 세울 수 있고 필승을 가져올 수 있으니 오히려 당연하다고 생각하는 트리아스 자작이었다.

비열하고 악독하지만 주어진 값어치만큼 정보를 제공해 주니 믿지 않을 도리가 없는 것이다. 하니 기사의 말에 안색이 딱딱하게 굳어져 가는 연합군의 수뇌였다.

그때 수세에 몰리고 있던 애덤 던이 다시 입을 열었다.

"이제 방법은 두 가지입니다. 복귀하느냐, 아니면 영주성으로 향하는 각 성의 성주들에게 연통을 넣어 대비케 하고 빠르게 진격하여 패트리아스 백작의 영주성을 점령하느냐 하는 것입니다."

기분 나쁜 말이다. 넘어온 주도권이 한순간에 다시 넘어가 버렸다. 그에 얼굴을 있는 대로 찌푸리는 귀족들과 기사들이었다. 자신들을 도와주고 있음에도 불구하고, 단지 건방지게 자신들이 받들어 모시는 주군의 뜻에 따르지 않는다는 이유로 그를 싫어하고 있는 것이다.

트리아스 자작은 잠시 고민하더니 이내 좌우를 훑어보며 입을 열었다. 그는 이미 결심했지만 그렇다 하더라도 여기 참석한 귀족과 가신들의 의견을 묻지 않을 수 없었다.

"어떻소. 각 영주성의 병력이 그들을 견딜 수 있을 것 같소?"

"저의 영주성은 상관없을 것입니다. 기사 100명에 3서클의 마법사 세 명, 그리고 병력과 경비대를 합하면 총 2천 5백이니, 그들이 7천이 넘는 인원이 아니라면 충분히 막아낼 수 있을 것입니다."

트리아스 자작의 말에 필립스 남작이 담담하게 답했다. 담담하다고는 하지만 이미 어느 정도 준비가 되어 있으니 자신감이 철철 넘쳐나는 그런 태도였다.

"저 역시 괜찮을 듯싶습니다. 기사와 마법사, 그리고 병력이 있으니 충분히 그들을 막아낼 수 있을 것입니다."

그들의 말에 고개를 주억거리는 트리아스 자작이다. 생각보다 성을 튼튼하게 방어하고 있는 것이다. 그때 트리아스 자작의 기사단장이자 그의 책사 역할을 하는 길라스피 남작이 침착하게 입을 열었다.

"오히려 더 좋은 것 아니겠습니까? 산적을 얼마나 흡수했는지는 모르지만 일만의 수라 할지라도 세 곳으로 나누면 3천 정도밖에 되지 않습니다. 그 병력으로 각 성을 거쳐 영주성으로 향한다는 것은 어렵지 않을까 합니다."

차분하게 상황을 설명하는 길라스피 남작의 말에 공감하는 이들이 대부분이다. 하지만 그것 역시 솔직하게 말해 기분이 나쁜 것은 사실이다. 자신들의 생각에서 벗어났다는 것에 대해서 말이다.

또한 그들은 공통적으로 산적들이 패트리아스 백작의 편에 섰다는 것에 대해 속으로 혀를 차고 있었다.

'쯧. 산적 놈들 주제에. 이번 일전을 치르면 아무리 힘들더라도 산적들을 일거에 소탕해야 할 것 같군.'

기실 트리아스 자작을 비롯한 필립스 남작과 벨트란 남작은 의도적으로 산적들을 방치한 면도 있었다. 그들로부터 자신들이 영지민을 보호한다는 명분 때문이다.

그것은 의외로 잘 들어맞아 나름 괜찮은 성과를 거두고 있기도 했다. 하지만 이렇게 되면 이전과 같은 눈감아주기 식의 소탕은 없을 수밖에 없었다. 적에게 붙어 자신들을 괴롭히는

데 그것을 눈감아줄 수는 없지 않겠는가.

"하지만 상당히 기분이 나쁜 것은 사실입니다. 산적들이 그에 동조하고 우리 영지에서 전투가 일어난다는 것 자체가 말입니다."

"그렇지."

길라스피 남작의 말에 트리아스 자작과 그를 따르는 두 남작 역시 고개를 끄덕였다. 마치 입안의 혀처럼 자신들의 생각을 딱딱 맞히고 있는 길라스피 남작이다.

"하기에 빠르게 진군하여 패트리아스 백작의 영주성을 먼저 선점한 후 각 영지로부터 패트리아스 백작의 행적을 보고받아 그를 제거해야 합니다. 사로잡는다는 것은 있을 수 없습니다. 이 전쟁은 죽느냐 사느냐의 전쟁이기 때문입니다."

길라스피 남작의 말을 듣고 있던 트리아스 자작이 작은 한숨을 내쉬었다. 그는 자신의 곁에서 여전히 무표정하게 있는 애덤 던을 바라보았다.

"던 경의 생각으로 패트리아스 백작은 세 곳 중 어디로 향할 것 같소?"

"…아마도 트리아스 자작님의 영주성이 아닐까 합니다."

"역시……."

이미 짐작했다는 듯이 말하는 트리아스 자작이다. 실제 이 연합군을 이끄는 것은 자신이기에 패트리아스 백작이 향할 가능성이 가장 농후한 곳은 바로 자신의 영주성이다.

"허면 던 경이 본작의 영주성으로 가주실 수 있겠소?"

"제가 말입니까?"

"그렇소."

트리아스 자작의 말에 애덤 던은 트리아스 자작을 빤히 쳐다보았다. 여느 기사였다면 예(禮)에 벗어난다 하여 검을 빼들 행동이었으나 그의 배경인 오브레임 후작가는 결코 그런 행동을 하지 못하게 했다.

불쾌하나 참았다. 트리아스 자작은 충분히 막을 수 있을 것으로 생각했으나 그래도 만에 하나를 상정해서 자신의 영주성을 지키고 싶었다. 자신의 가족과 함께 말이다. 그것은 순전히 개인적인 욕심이었다.

애덤 던은 그것을 알 수 있었다. 하기에 애덤 던의 입은 미묘하게 일그러지고 있었다. 그는 이제 직감하고 있었다.

'이 전쟁, 어쩌면 패배할지도 모르겠구나.'

그것은 직감이었다. 하나의 목표로 연합을 하였으나 그들은 서로 다른 생각을 가지고 있었다. 벨트란 남작이나 필립스 남작이 각 1만의 병력을 동원했다고는 하나 들어본 바에 의하면 그들의 영주성에는 아직도 충분한 병력이 남아 있었다.

아마도 영주성에 남아 있는 병력은 정예 중의 정예일 가능성이 높았다. 패트리아스 백작을 얕보아서가 아니라 자신들의 목숨이 귀함을 알기 때문이다. 거기에서 이미 틈이 벌어지고 있는 것이다.

"그리하겠습니다. 허나 혹시 모를 것을 상정하여 오브레임 후작 가문에서 지원한 두 개 몬스터 기사단과 2천의 병력을 모두 이끌고 가겠습니다."

"그……."

"허락하겠소. 어차피 패트리아스 백작이 전 병력을 삼분하여 진군시켰다면 백작의 영주성에 남은 병력도 얼마 되지 않을 것이니 어렵지 않게 점령할 수 있을 것이오."

누군가 반론을 제기하려 하자 트리아스 자작이 빠르게 승낙하면서 구구절절 말을 늘어놓았다. 그에 벨트란 남작과 필립스 남작, 그리고 트리아스 자작의 가신인 몇몇 남작의 얼굴이 살짝 일그러졌다.

하나 그들의 그러한 표정은 나타날 때보다 더 빠르게 사라졌다. 지금은 트리아스 자작에게 잘 보여야 할 때였다. 여기 전쟁에 참석한 이들은 필승을 장담하고 있다.

승리한다면 트리아스 자작은 백작의 자리에 오를 수도 있었다. 그렇다면 자신들 역시 승작은 하지 않을지라도 영지가 넓어질 것은 당연했다. 논공행상에 있어 패씸죄는 상당히 큰 부분을 차지할 수 있음이니 찰나에 그것을 계산하고 나선 귀족들이다.

승리한다면 이쪽 지방의 패자가 될 가능성이 높은 트리아스 자작, 그리고 오브레임 후작 가문의 전폭적인 지지를 받을 것이다. 하니 잘 보여야 함은 물론 최선을 다해야 했다.

길라스피 남작의 설명이 타당했고, 자신들 역시 그리 생각하고 있었다. 그러한 그들의 생각을 한 번에 다 읽어 내린 트리아스 자작과 애덤 던이다. 애덤 던은 미묘하게 입을 비틀며 자리에서 일어났다.

"결정이 되었으니 빠르게 움직이겠습니다. 승리하신다면 오브레임 후작 각하께서는 트리아스 자작님을 각별하게 생각하실 것입니다."

"허허허, 알겠소. 경이 후방을 지켜준다면 승리하지 못할 이유가 없소."

"그럼."

애덤 던이 자리를 벗어났다. 그가 나가자 허허롭게 웃던 트리아스 자작이 날카롭게 사방을 훑어보며 입을 열었다.

"지금부터 휴식을 최대한 줄이고 전속으로 패트리아스 백작의 영주성으로 향할 것이오. 준비되는 대로 출발할 것이니 그리들 알고 움직이도록 하시오."

"연합사령관의 명을 받드옵니다."

"명!"

귀족들과 기사들이 트리아스 자작의 명을 받아 분분히 지휘관 막사를 벗어났다. 그들에게서 조금은 들뜬 모습이 엿보였다. 애덤 던이 나가면서 한 말이 아직도 그들의 귓가에 맴돌고 있기 때문이다.

그러한 그들을 물끄러미 바라보는 트리아스 자작이다. 그는 회의 탁자를 검지로 톡톡 치며 생각에 잠기다 입을 열었다.

"믿을 이가 없군."

"정리할 필요가 있을 것 같습니다."

"그렇긴 한데… 저들을 대신할 이들이 없음에 답답하군."

"서서히 준비하십시오. 이번 기회에 기존의 귀족들을 제외하고 새로운 인재를 찾는 것도 나쁘지 않을 것 같습니다."

길라스피 남작이 은근한 투로 트리아스 자작에게 말을 건넸다. 하지만 트리아스 자작은 시큰둥하게 답했다.

"쉽지 않아. 구관이 명관이라는 말도 있지 않은가?"

"제가 준비하겠습니다."

"음? 자네가? 어떻게?"

"돈이면 귀신도 부린다 하지 않습니까? 그런 일은 블랙 맘바가 적임입니다. 자작님은 그저 그들에게 당근을 내주시면 됩니다. 모든 일은 제가 처리하겠습니다."

길라스피 남작은 마치 트리아스 자작의 충직한 수하처럼 말했다. 그러한 모습은 트리아스 자작에게 더없이 믿음직스럽게 다가왔다. 그에 트리아스 자작은 흡족한 미소를 지었다.

"역시 나에게는 남작밖에 없소. 내 남작을 믿지 않으면 누구를 믿겠소. 남작에게 모든 것을 맡기겠소. 올해가 가기 전에 저 욕심 많은 귀족들을 안 봤으면 좋겠소."

"주군의 뜻대로 이루어질 것입니다."

두 사람은 마주 보며 웃었다. 신뢰가 가득하고 탐욕이 가득한 눈으로 서로를 확인한 그런 웃음과 시선이다.

한편 지휘관 막사를 벗어난 기사 던은 말없이 자신의 막사로 돌아와 곁을 지키고 있는 부관이자 몬스터 기사단의 단장인 스튜어트 프리드먼 경에게 명을 내렸다.

"지금 즉시 출발한다. 즉각 진의 후미에 도열하도록."

"명!"

프리드먼 단장이 자리를 벗어났다. 던은 주변을 훑어보더니 막사를 지키고 있는 병사에게 명을 내렸다.

"막사를 철거한다. 그리고 트리아스 자작님께는 출발했다고 전하라."

"명을 따릅니다."

병사 둘이 서로 다른 방향으로 빠르게 사라졌다. 그 모습을 잠시 지켜보던 던은 이내 빠르게 진영의 후미로 걸음을 옮겼다. 그가 걸음을 옮김에 여기저기에서 부산한 움직임이 느껴졌다.

아마도 연합군 역시 즉시 움직이기로 한 것일 게다. 그는 작게 고개를 끄덕였다. 욕심이 많은 것이 흠이긴 하지만 판단력과 추진력은 훌륭했다. 아닌 말로 귀족 중에 그만한 욕심이 없는 자가 어디 있겠는가?

그러는 사이 던은 어느새 진영의 후미에 도착했다. 시선을 들어 올리자 그의 눈에 보이는 것은 몬스터 기사단 200명과 오브레임 후작 가문의 병력 2천 명이었다.

후작 가문이나 연합군의 병력에 비해서는 빈약하기 그지없으나 그 날카로움은 어떤 병력에 비해도 뒤지지 않을 정예였다. 그리고 여전히 서늘한 기세를 내뿜고 있는 몬스터 기사단은 믿음직스럽기 그지없었다.

"들었는가? 우리는 트리아스 자작의 영주성으로 간다!"

"……."

아무도 답을 하지 않았다. 그들은 기다리고 있는 것이다. 던의 이어질 말을.

"그곳으로 가서 우리는 패트리아스 백작을 잡을 것이다! 잡아서 갈기갈기 찢어 죽일 것이다! 알겠는가?"

"추웅!"

그것으로 끝이었다.

"전구운! 추울!"

"추울!"

기사들과 병력이 움직였다. 여느 병력과는 전혀 다른 움직임이었다. 한마디로 무척 빨랐다. 보통 영지의 정예병들이 달려가는 정도의 빠른 움직임이다.

그러함에도 그들은 전혀 힘들어하는 표정이 아니다. 오히려 점점 더 빨라지는 속도에 마치 기쁘다는 듯이, 당연하다는 듯이 잔잔한 미소까지 짓고 있는 그들이다.

기사만이라면 어느 정도 이해할 것이나 기사뿐만 아니라 병사들까지 그러했다. 그러한 병사들의 눈동자는 눈자위부터 서서히 붉어지고 있었다. 마치 밤을 새운 것처럼 말이다.

그들의 움직임은 빨랐다. 그들이 탄 말 또한 주인의 광폭한 기세에 영향을 받아서인지 눈이 충혈되면서 거친 숨을 내뿜었다. 평소보다 두세 배는 빠르게 움직이고 있다.

하나 진영을 벗어난 지 한 시간이 지나자 서서히 거품을 내뿜는 말이 생겨나기 시작했다. 초반의 과도한 체력 손실로 인한 파탄이 드러나기 시작한 것이다.

말들이 그러할진대 말도 없이 달리는 병사들은 어느 정도일까? 하나 병사들은 전혀 힘들어하지 않았다. 단지 충혈되었던 눈이 더욱 붉게 변했을 뿐, 처음 출발했을 때의 그 무표정함은 그대로였다.

"전원 하마!"

가장 선두에서 달리던 기사 던이 외쳤다. 그에 어떤 사전 동작도 없이 그대로 말에서 뛰어내리는 기사들이다. 말들이 울부짖었다. 끝없이 가속하던 몸을 순간적으로 세우려니 그 것이 어디 가당키나 한 일인가?

하나 말의 울부짖음과는 다르게 기사들과 병사들의 얼굴 은 무표정함 그대로이다. 아니, 오히려 그 무표정함이 더욱더 공포스럽게 다가오고 있다. 그러한 그들의 눈동자에 어떤 일 말의 기대감이 어리기 시작했다.

하마한 기사 던은 후미를 바라보았다. 비록 한 시간이라고 는 하지만 어느덧 기사들과 병사들이 위치한 곳은 산속 깊은 곳으로 인가조차 보이지 않았다.

"참(慘)!"

그 소리와 함께 기사들과 병사들의 입가에 잔인한 미소가 떠올랐다. 그리고 그들의 손은 여지없이 자신들이 타고 온 말 의 목을 관통하고 있었다. 말의 울음소리는 없었다.

푸후욱!

할짝!

기사들이 자신이 타고 온 말의 목을 꿰뚫고 나온 피범벅이 된 잔혹한 손을 핥았다. 병사들은 미동조차 보이지 않았다.

하지만 병사들 사이에서는 자그마한 신음 소리가 흘러나오고 있었다.

진득진득하고 비릿한 혈향(血香)이 그들의 코끝을 스치고 지나가고 있기 때문이다. 병사들의 충혈된 눈은 목이 꿰뚫려 죽은 말에게로 향해 있었다. 그러나 누구 하나 움직이는 자는 없었다.

그때 말을 죽인 기사들이 말의 몸을 헤집어 심장을 뜯어내더니 우악스럽게 씹어 먹기 시작했다. 이내 그들의 입과 손은 시뻘건 피로 범벅이 되었다. 그러한 그들의 모습을 충혈된 눈으로 지켜보는 병사들.

"분배!"

그에 기사들이 죽은 말의 갈기를 들더니 병사들 앞으로 질질 끌고 갔다. 몇백 킬로그램이나 나가는 전마를 마치 가벼운 무언가를 끌듯 쉽게 끌고 가 각 병사들 앞에 던져 놓는 것이다.

병사들의 입에서 침이 흘러나왔다. 그 모습은 너무나도 괴기스러웠다. 자신이 타고 온 말을 서슴없이 죽이고 그 심장을 먹는 것도 그러했고, 그러한 말의 시체를 충혈된 눈으로 바라보며 침을 흘리는 병사들까지, 모든 것이 그러했다.

"시식!"

마침내 기사 던의 명이 떨어졌다. 그에 병사들은 자신의 앞에 놓여 있는 이백 마리 말의 사체를 거침없이 잡아갔다. 그리고는 한 움큼의 살덩이를 잡아 찢어 그대로 입으로 향했다.

와드득! 와드득!

쩌업! 쩝!

말 한 마리가 흔적도 없이 사라지는 것은 그야말로 순식간이었다. 말이 있던 곳에는 그저 검게 물든 잡초만이 남아 있다. 그들이 말을 먹는 모습은 몬스터와 다르지 않았다.

다만 인간의 형상일 뿐인 그들의 모습. 병사들은 손가락을 핥고, 입술 주변을 시뻘건 혀로 핥았다. 마치 한 방울의 피조차 아깝다는 듯이 말이다. 그리고 그들은 낮게 울부짖었다.

"크르르르!"

인간의 음성이 아닌 몬스터의 울부짖음이었다. 말의 사체와 피를 맛본 기사와 병사들의 입가에 괴기스러운 미소가 지어졌고, 눈동자는 이제 완벽하게 붉은색으로 물들어 있다.

그러한 그들을 바라보며 살짝 미소 짓는 기사 던이다. 그의 눈에 만족스러운 빛이 떠올랐다. 광폭한 기운이 싸늘하게 다가와 심장을 옥죄는 이 기분이 너무나 좋았다.

"전속 전진!"

가장 선두에 선 기사 던이 빠르게 대지를 박차고 나갔다. 그에 기사들이 따랐고 병사들이 그 뒤를 바짝 따라붙었다. 일체의 소리도 외침도 없었지만 그들의 신속한 움직임은 인간의 한계를 뛰어넘는 것이었다.

그들이 지나가는 곳에서는 풀벌레조차 울지 않았다. 야생동물도 없었으며 숲속의 폭군이라 불리는 몬스터조차 그들의 주변으로부터 몇백 미터 이상 거리를 벌리며 숨을 죽였다.

그들은 달리고 또 달렸다. 하나 숨도 흐트러지지 않고 땀한 방울도 흘러내리지 않는다. 그렇게 한 시간여를 달렸을까?

콰가가각!

"산개! 전방 50미터! 포위 섬멸!"

기사 던이 외쳤다. 그리고 던은 급격하게 꺾어지면서 정면으로 날아오는 무지막지한 무언가를 회피했다. 그와 함께 기사들과 병사들 역시 빠르게 움직였다.

하나 미처 피하지 못한 병사들이 있었다. 그들이 아무리 빠르다고는 하나 기사들보다는 늦었고, 굉음을 내며 쇄도하는 그 무엇보다도 느렸다.

카라라라락! 촤화하아악!

핏물이 튀어 올랐다. 미처 제대로 피하지 못한 병사들의 목이 그대로 잘려 나가며 검붉은 핏방울이 사방으로 튀어 올랐다. 동료가 죽었음에도 전혀 동요가 없었고, 오히려 동료의 피를 뒤집어쓴 주위 병사들은 자신의 얼굴에 튄 피를 혀로 핥았다.

그들의 시선은 모두 전면으로 향해 있었다. 포위하라는 명을 받았음에 당연히 포위하기 위해 움직였으나 그들이 포위하기에는 보이지 않는 적의 움직임이 너무나도 빨랐다.

몇몇의 병사가 날카로운 무언가에 의해 심장이 뽑혀져 나갔다. 무리를 지어 움직이던 병사들은 짧은 순간 몸이 굳은 듯 움직이지 못하더니 이내 화염에 휩싸여 재가 되어버렸다.

그리고 던과 20~30미터 정도 떨어진 곳에서 기사 한 명이 자신의 목을 부여잡더니 그대로 허물어졌고, 그 여파로 그 뒤를 받치고 있던 병사 예닐곱 명 역시 목을 부여잡고 쓰러졌다.

"누구냐?"

기사 던은 전면을 쏘아보며 날카롭게 물었다. 이미 기사들과 병사들은 좌우로 흩어져 전면전을 준비하고 있었다. 던은 상대가 결코 작은 수의 병력이 아닐 것이라 생각했다.

왜냐하면 한순간이지만 단 한 번의 공격에 기사 한 명과 병사 40~50여 명이 순식간에 제거된 탓이다. 그리고 상대는 강했다. 자신이 이끄는 기사와 병사들은 결코 일반적인 기사나 병사들에 의해 목이 잘리거나 꿰뚫릴 이가 아니기 때문이다.

저벅저벅!

던이 쏘아보고 있는 숲속에서 저벅거리는 발걸음 소리가 들려왔다. 그런데 그 발걸음은 결코 많은 수가 아니었다. 던은 침착하게 자세를 유지하려고 애썼다.

'완전히 포위된 것인가? 어떻게… 그럴 수가 있지?'

자신들은 빠른 속도로 이동했다. 그야말로 인간으로서는 상상할 수도 없을 정도로 빠르게 말이다. 미리 장소를 선정하고 포위망을 구축했다 하더라도 자신들의 움직임이라면 결코 포위가 쉽지 않았다.

그런데 포위되었으니 의문이 들 수밖에 없었다. 그리고 감각을 퍼뜨려 주변 2~3킬로미터까지 살폈으나 자신이 느낄 수 있는 존재는 앞에서 걸어오고 있는 몇 명의 인물이 전부였다.

'설마……?'

하나 설마가 사실이 되었다. 앞에서 걸어 나오는 이는 모두 여섯 명이었다. 그 인원뿐이다. 그에 던은 자신도 모르게 헛웃음이 나왔다.

믿을 수 없었다. 고작 여섯 명에 의해 자신의 진군이 멈췄

다는 것이 말이다. 다가오고 있는 중심에 서 있는 자를 바라
보던 던은 나직한 신음성을 낼 수밖에 없었다.

"패트리아스 백작······."

그러했다. 그들은 패트리아스 백작 일행이었다. 던은 빠르
게 그 여섯 명을 훑어 내렸다. 그리고 약간 후미에 서 있는 한
인물을 바라보고는 눈을 반짝 빛내며 고개를 끄덕였다.

"그랬··· 던가?"

"생각보다 상황 파악이 빠르군."

제논의 음성이다. 던의 시선이 제논에게로 향했다. 제논을
바라보는 던의 눈동자가 침잠해 들어갔다. 듣기만 했지 처음
대하는 제논이다. 그런데 주군을 제외하고는 그런 적이 없던
자신이 위축되고 있다.

그것도 주군 앞보다 더욱더 심하게 위축되었다. 마치 드래
곤 앞의 생쥐와 같은 느낌이다. 자신의 주군은 범접할 수 없
는 광포함에 노출된 느낌이라면 제논이라는 자는 그 끝을 알
수 없을 정도였다.

"정보의 오염인가?"

"머리는 그쪽만 쓴다고 생각하지 않았으면 좋겠군."

던과 제논의 대화. 던은 긴장하고 있고 제논은 여유로웠
다. 제논만 여유로운 것이 아니었다. 제논을 따르는 다섯 명
의 인원 역시 여유로웠다. 무엇이 그들을 이토록 여유롭게 하

는 것인가?

하지만 그렇다 해도 달라질 것은 없었다. 그에 조금 전의 굳어진 인상이 조금씩 풀어지고 있는 던이었다. 그가 그럴 수밖에 없는 이유는 제논에 대한 어떠한 정보조차도 가지고 있지 않기 때문이다.

"너희뿐인가?"

"더 필요한가?"

"훗!"

어처구니없다는 듯이 웃어버리는 던이다. 몇십이 죽기는 했지만 여전히 자신들은 200의 기사와 2천의 대병력이다. 겨우 여섯 명? 말도 안 된다.

"쳐랏!"

더 볼 것도 없었다. 어떻게 찾을 것인가 고민할 것도 없었다. 자신들 눈앞으로 스스로 걸어 들어왔을진대 무엇을 고민할 것인가? 스스로 오우거 아가리로 머리를 들이미는데 말이다.

던의 명령이 떨어지자 병사들이 그들을 에워쌌다.

무려 2천의 병사가 말이다. 하나 제논 일행은 그것을 허용하지 않을 생각인가 보다. 가장 먼저 움직인 것은 바로 클라렌스였다.

"에너지 서클(Energy Cicle)!"

하늘에서 두 개의 거대한 구체가 떨어져 내렸다. 그리고 그 구체는 각기 반경 50미터를 회전하면서 주변을 초토화시키기 시작했다.

콰후우웅! 빠자자작!

"캐애액!"

휘몰아치는 뇌전의 향연. 클라렌스가 펼치는 뇌전의 회전 앞에서는 아무리 강한 병사라 할지라도 전혀 그 힘을 발휘하지 못했다. 뇌전에 직격된 병사들은 그대로 새까맣게 타오르고 있다.

그리고 위험하다는 것을 본능적으로 느낀 병사들이 떨어진 뇌전의 구체를 피해 반경을 벗어나려 빛보다 빠른 속도로 사방으로 흩어졌다.

하나,

"피할 수 있을 것 같으냐!"

거대한 체구의 사내가 뇌전의 구체를 피해 달아나는 병사들을 보며 외쳤다.

"정령 소환(Summon Elemental)! 노임(Gnoim)! 대지의 족쇄!"

그의 외침이 떨어지자마자 수백 미터의 대지에서 일제히 손 모양의 흙이 솟아오르며 달아나는 병사들의 발목을 잡았다.

"어억!"

"이익!"

"크흐윽!"

각양각색의 신음성이 터져 나왔다. 뇌전의 구체는 힘이 다하지 않았는지 여전히 빠르게 회전하며 병사들을 태웠고 도망가던 병사들은 발목을 잡혀 더 이상 움직이지 못했다.

그것을 시작으로 젠슨과 스웬슨, 그리고 헬만이 그대로 병사들이 있는 곳으로 뛰어들었다. 스웬슨의 거대한 쌍부가 날았고, 젠슨은 입이 삐죽 튀어나온 채 무릎이 역으로 꺾기면서 날카로운 송곳니와 길게 자라난 손톱으로 병사들의 목과 심장을 꿰뚫었다.

그것을 지켜보던 던의 눈이 커졌다. 라이칸 슬로프였다. 던의 목이 외로 꺾였다. 마음에 안 든다는 표정이다. 그러한 그의 표정을 읽었음인가? 던의 부관이자 몬스터 기사단의 단장으로 있는 프리드먼이 낮게 으르렁거렸다.

"죽엿!"

병사들 뒤로 물러나 관망하던 기사들이 앞으로 달려 나갔다. 그러면서 그들은 변신하기 시작했다. 날카로운 송곳니와 길게 자란 손톱. 하지만 그들은 라이칸 슬로프가 아니었다. 그들의 몸을 뒤덮고 있는 것은 회백색의 털이 아닌 마치 파충류의 그것처럼 미끈한 비늘이었다.

"되다 만 족속들. 어디를 가려 하느냐?"

그들이 움직이자 숲속에 은신해 있던 일단의 라이칸 슬로프가 나타났다. 그들은 온전한 라이칸 슬로프의 특징을 그대로 지니고 있었다. 던은 그들을 바라보고 있었다.

경악하던 그의 눈은 어느새 진정했는지 차분히 가라앉은 상태로 장내의 상황을 지켜보았다. 불덩이가 사방을 휩쓸고 지나갔다. 날카롭고 둔중한 두 쌍의 배틀 엑스가 병사들을 휩쓸고 있다.

믿었던 기사들은 그 절반에도 미치지 못하는 라이칸 슬로프에 막혀 피가 터지고 가슴이 꿰뚫렸다. 라이칸 슬로프들은 여지없이 몬스터 기사단의 기사들 목을 물어뜯었다.

그러한 던의 앞으로 제논이 걸음을 옮기고 있다. 하나 쉬이 허용할 수 없다는 듯이 수많은 병사와 기사가 제논의 발걸음을 막아섰다.

쇄도해 오는 창을 가볍게 회피하였고, 다가오는 몬스터 기사단 기사들의 손톱과 이빨을 피했다. 어느새 꺼내 들었는지 모를 창 한 자루로 그들의 미간과 목, 그리고 가슴을 꿰뚫어 죽음으로 인도하고 있다.

그 모습은 한가롭기 그지없었다. 제논만 그러한 것은 아니었다. 그를 포함한 전투에 참여한 모든 이가 더없이 여유로웠다. 근접전에 약하다고 생각한 여마법사조차도 너무나도 여유릅게 병사들의 목숨을 끊고 있었다.

마나가 채찍으로 변하고, 창으로 변했으며, 접근하면 어느새 멀어져 불덩이를 작렬시키고 있다. 그리고 3미터는 족히 되어 보이는 자는 병사들의 이빨과 손톱이 아예 들어가지도 않았다.

그의 몸은 온통 황금색으로 물들어 있었다. 병사들이 날카로운 이빨로 그의 목을 물었으나 오히려 이빨이 부러지고, 창검보다 단단한 손톱으로 찌르고 잘라내었으나 그들의 손톱이 꺾여 나갔다.

"우하하하! 간지럽구나!"

부웅! 부웅!

"크하악!"

"케헤엑!"

그가 거대한 배틀 엑스를 휘두를 때마다 수십 병사의 목이 잘려 나갔다. 그리고 전장에 여마법사와 거구의 사내만 있는 것은 아니었다. 1.5세대 정도로 보이는 라이칸 슬로프 역시 있었다.

변신한 그는 무적이었다. 키메라가 된 병사들도 그의 앞에서는 추풍낙엽처럼 쓰러져 나갔다. 목을 꺾어버리고 심장을 팠다. 강철보다 단단한 피부는 종이처럼 찢어져 홍건한 핏물을 흘리고 있다.

그리고 마지막으로 검과 방패를 든 가장 정상적인 자, 완벽한 기사였다. 하나 그 기사조차 만만치 않았다. 그의 검과 방패에는 오러 실드와 오러 얀이 동시에 시전되어 있어 도무지 접근조차 할 수 없었다.

한 번 휘두름에 반드시 한 명의 병사가 죽었고, 방어를 위한 방패조차 오러 실드가 시전되어 있어 스치기만 해도 두꺼운 가죽이 쩌억 갈라졌다. 보통이라면 1초도 되지 않아 회복되었을 병사들이건만 그 기사에 의해 난 생채기는 더욱더 벌어져 검붉은 피를 흘러내리게 했다.

"미친……."

주변을 둘러보던 던의 입술을 비집고 흘러나온 첫 마디이다. 압도적이라 생각했다. 숨지 않고 몸을 드러내어서 고맙다고까지 생각했다. 하나 이것은 무엇이란 말인가?

사냥해야 할 자신들이, 이미 전투를 끝마치고 그들의 피로 목욕을 해야 할 자신들이 오히려 사냥을 당하고 있었다. 그들의 근처에는 접근조차 할 수 없을 지경이다.

여전히 긴 장창을 꼬나 쥐고 자신을 향해 한 걸음 한 걸음 다가오고 있는 제논을 멍한 눈으로 보았다. 던과 제논의 시선이 정면으로 부딪쳤다.

부르르!

순간 던은 전신이 떨리는 것을 느꼈다. 한 번도 이런 적이 없었다. 자신의 주군과 대련함에 있어서도 그러했다. 그런데 생전 처음 보는 이 앞에서 한없이 초라해지고 나약해지는 자신을 느낄 수 있었다.

어느새 던의 양손에 배틀 해머가 들려 있다. 그 배틀 해머를 든 두 손은 새하얗게 변해 있다.

제논은 그러한 던을 바라보고 일직선으로 다가가며 입을 열었다.

"아직도 기다려야 하는가?"

수없이 많은 이가 앞을 가로막고 있음에도 불구하고 전혀 문제가 되지 않는다는 듯이 걸음을 옮기는 제논이다. 그의 시선은 던을 향해 있었다. 다른 것은 관심 없었다. 오직 던만을 바라보고 있었다.

"비켜라!"

던이 거칠게 입을 열었다. 그에 기사들과 병사들이 비켜섰다. 그를 지켜보는 것이 아니었다. 그들은 제논의 앞길을 열고 다른 일행을 향해 쇄도해 들어갔다.

던은 그들을 살짝 바라보더니 이내 자신의 앞으로 걸어오다 약 5미터 앞에서 걸음을 멈춘 제논을 향해 시선을 움직였다.

"최선을 다해라. 그렇다 해도 내 창은 네 목을 꿰뚫을 것이다."

"크아아앙!"

그 말에 그야말로 득달같이 제논을 향해 쇄도해 가는 던이다. 준수했던 모습은 온데간데없었다. 그 역시 라이칸 슬로프이기 때문이다.

다만 날카로운 손톱과 함께 손에 거대한 배틀 해머가 들려있다는 것이 다를 뿐.

"정령 빙의(Elemental Possession). 실프(Sylph), 샐러맨더(Salamander), 폭멸의 창(Spear of Explosion Demolition)!"

제논의 창이 앞으로 쭈욱 내밀어졌다. 그에 제논을 향해 쇄도해 가던 던은 지금의 공격은 절대 막을 수 없다는 것을 본능적으로 느꼈다.

'죽는다!'

피했다. 오로지 전진밖에 모르던 자신이 몸을 피해 공격을 회피한 것이다. 갑자기 심하게 불쾌해지는 던이다. 이런 적이 있던가? 주군과의 대전에서조차 자신은 그 검을 피하지 않았다.

오로지 정면으로 맞섰다. 한데 그러한 자신이 피한 것이다.

"크와아앙!"

분노의 일갈이 터져 나왔다. 하나 제논의 공격은 거기에서 끝난 것이 아니었다. 제논의 창격(槍擊)은 피한다고 피할

수 있는 것이 아니었다. 분명 피했다고 생각했건만 제논의
창격(槍擊)은 돌아서는 던의 어깨를 강타하고 지나갔다.

"크흐으윽!"

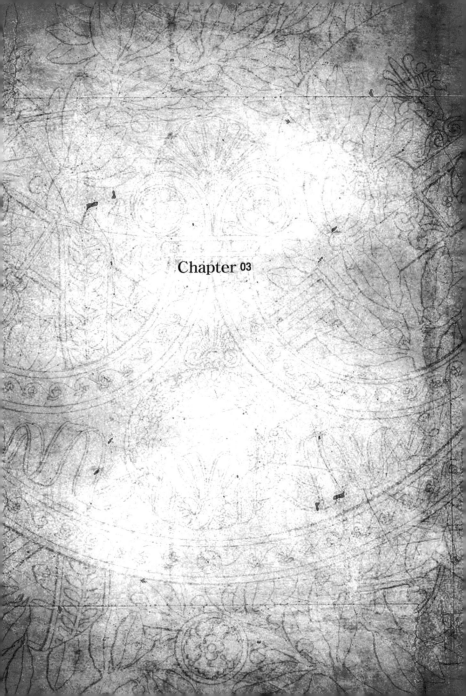

Chapter 03

투더덕!

급박하게 뒷걸음질 친 던이다. 그는 어금니를 꽉 물며 고통을 감내했다. 지극히 강렬한 고통. 라이칸 슬로프로 전향한 뒤 한 번도 느껴보지 못한 그런 고통이다.

그에 던은 슬쩍 자신의 어깨를 바라보았다. 욱신거리는 팔을 재생하려 했다. 그런데 무언가가 그 재생을 가로막고 있었다. 평소와 다르게 제대로 재생이 되지 않는 던의 어깨이다.

그러한 모습을 담담하게 바라보고 있는 제논이다. 제논은 자신의 창미를 잡고 길게 늘어뜨려 풀숲 깊숙이 박아놓고 있다. 그는 그저 기다리고 있었다.

마치 조롱하듯이.

던의 얼굴이 붉어졌다. 자신은 약자가 아니다. 한 번도 약자의 입장에 서본 적이 없다. 인간이었을 적에도 그는 언제나 강자였다. 더 강한 힘이 필요하였기에 라이칸 슬로프가 되었다.

하지만 눈앞에 있는 자는 그 강함을 단 한순간에 깨뜨려 버렸다. 제논을 쏘아보는 던의 입이 흉측하게 일그러졌다. 강하다 여긴 자신이 순식간에 약자의 입장이 되어버렸다.

그것도 상대에게 휴식과 목숨을 구걸할 정도로 말이다. 물론 그것은 순전히 던 그 자신만의 자격지심일 것이다. 제논이 기다려 주는 동안 던의 뻥 뚫렸던 어깨가 완전히 재생되어 아물었다.

"고맙군."

적이지만 짧게 고마움을 표했다. 하지만 제논은 그를 바라보고 있지 않았다. 그저 풀숲에 잠긴 자신의 창끝을 바라보고 있을 뿐. 지극히 무심한 상태. 하나 던은 그러하기에 더욱 피가 끓어올랐다.

"죽엇!"

이번의 공격은 신중했다. 결코 제논을 경시하지 않았기 때문이다. 제논을 공격해 들어가던 던은 온몸이 짜르르함을 느낄 수 있었다. 강자와 싸운다는 것은 그만큼 흥분되는 일이었다.

강자와 대련이 아닌 생사를 넘나드는 생사결을 벌인다는 생각에 던의 눈은 번들거렸고, 그의 전신을 뒤덮고 있던 회백색의 털은 송곳처럼 빳빳하게 곤두서 있다.

콰가가각!

던의 신형이 회전하기 시작했다. 회전하면 회전할수록 던은 점점 더 빨라졌고, 어찌나 빠른지 주변의 넘실거리던 풀이 그 회전 속으로 빨려들어 가기 시작했다.

제논은 날카로운 손톱과 무엇이든 파괴해 버릴 것 같은 배틀 해머를 휘두르며 작은 토네이도가 되어 자신을 향해 다가오는 던을 바라보고 있다.

그리고 창끝을 들어 올렸다. 아주 느릿한 그의 행동은 너무나 느려 마치 조금만 더 있으면 던의 토네이도에 빨려들어 피륙조차 남기지 못하고 사방으로 분시(分屍)될 것만 같았다.

하지만 제논은 여전히 자신이 하고자 하는 공격에만 집중했다. 방어도 아닌 공격이었다.

'정령 빙의(Elemental Possesion). 실프(Sylfe), 운디네(Undine). 나선 창(Spiral Spear)!'

제논의 창이 푸르고 새하얀 잔영을 만들어내며 다가오는 던을 향해 쑤욱 앞으로 나아갔다. 하지만 그 모습은 너무나도 위태했다. 보기에도 광폭한 던의 공격과 한 줄기 빛이 되어 토네이도로 다가가는 제논의 창.

따당! 따다다당!

이어 푸르고 밝은 빛과 함께 연신 부딪치며 날카로운 소리를 내었다. 그러함에도 불구하고 제논의 창은 아주 서서히 앞으로 전진하고 있었고, 던의 토네이도는 잠시 주춤하더니 이내 아주 조금씩 뒤로 밀려났다.

날카롭고 광폭하게 사방을 휩쓸며 무엇이든 박살 내버릴 것 같던 던의 토네이도가 점점 무뎌지고 있었다. 제논의 창과 부딪치는 곳에서 대낮처럼 밝은 빛이 연신 터져 나오면서 토네이도 속에 몸을 감추고 있던 던의 표정이 언뜻 드러났다.

그의 표정은 흉신악살처럼 일그러져 있었다. 최초 빳빳하게 섰던 회백색 털은 하늘거리며 날리고 있었고, 일그러진 얼굴에는 굵은 땀이 연신 흘러내리고 있었다.

또한 그의 호흡은 조금씩이지만 거칠어져 가고 있었다.

"후욱! 후욱!"

밀리고 있었다. 인간을 수배나 뛰어넘는 신체 능력과 마나를 다루는 자신이 상대의 무척이나 단순해 보이는, 나선형으로 회전해 들어오는 창에 밀리고 있는 것이다.

아마 그저 평이하게 똑같이 회전했다면 오히려 창이 밀리고 부러져 나갔을지도 몰랐다. 그런데 제논은 창을 기묘하게 회전시켰다. 정방향이 아닌 기묘한 나선형의 회전이었다.

맞더라도 빗겨 맞았다. 그리고 조금씩이지만 끊임없이 다가오고 있다. 그에 던은 아프로 진각을 밟으며 고함을 질렀다.

"크하아아!"

쿠두두둥!

땅이 흔들렸다. 축축하게 젖어 있던 대지가 그 강렬한 진각에 흙이 튀어 올랐다. 던은 회전하던 두 개의 배틀 해머를 위아래로 교차하며 다가오는 창을 부숴 버릴 듯 휘둘렀다.

콰차차자장!

창이 부러질 듯 휘었다. 하나 부러지지 않았다. 아니, 오히려 두 개의 배틀 해머를 튕겨내고 있었다.

티디딩!

"후욱!"

던은 그 순간 손에 강렬한 반탄력을 느낄 수밖에 없었다. 부러지지도 파괴되지도 않고 극한의 탄력을 받아 자신의 배틀 해머를 튕겨내는 창대에 뼈가 시린 느낌이다.

던의 얼굴이 또다시 일그러졌다. 그는 어느새 땀범벅이 되었고, 얼마나 많은 땀을 흘렸는지 회백색의 털이 착 달라붙어 있다.

던은 오른손에 들려 있는 배틀 해머를 제논을 향해 집어 던지고 그 끝을 따라 이동했다. 말이 배틀 해머지 무게만 자그마치 100킬로그램에 크기가 1.4미터나 되었다.

그의 키가 2미터가 넘어가니 그저 인간들이 다루는 배틀 해머처럼 보이는 것이다.

막지 않을 수 없으리라. 자신을 향해 무섭게 쇄도하는 배틀 해머를 말이다. 그것을 계산한 던은 나머지 배틀 해머를 두 손으로 잡아 올리며 그대로 뛰어올라 제논의 정수리로 향했다.

제논의 창이 유려하게 움직였다. 하늘거리는 천 쪼가리처럼 너무나도 수월하게 움직여 자신을 향해 쇄도해 오는 배틀 해머를 가볍게 흘리고 방향을 틀었다.

그리고 마치 마법 생물인 쉐도우처럼 잔상을 남기며 빠른 속도로 움직이기 시작했다. 움직이자마자 그가 있던 자리에서 커다란 폭음이 터져 나왔다.

"크흐하하! 죽는 거다! 죽는 거야!"

던은 분명 제논의 정수리를 내려쳤다. 그래서 승리를 확신했다. 하나 그가 친 것은 제논의 잔상이고 그가 느낀 손맛은 대지를 강타하는 배틀 해머에서 전해져 오는 충격이었다.

그 충격의 실체를 아는 데는 그리 오랜 시간이 필요하지 않았다. 대지를 내려친 즉시 몸을 돌려 세우는 던이다. 그리고 그의 눈이 커다랗게 홉떠졌다.

퍼허억!

하나의 날카로운 창의 그의 입을 통하여 뇌를 헤집었다. 그의 뒤통수로 날카로운 빛을 내며 드러난 제논이 창. 검붉은 피가 제논의 창두를 타고 흘러내렸다.

그러나 피는 창의 붉은 수실에 막혀 더 이상 내려오지 못했다. 던의 눈이 떨리고 있다. 마치 지금의 상황을 절대 믿을 수 없다는 듯이 말이다.

투욱!

던이 마침내 자신의 배틀 해머를 놓았다. 그의 눈에선 급격하게 생기가 빠져나가고 있었다. 그것을 본 제논은 창을 쑥 빼 들었다. 창이 빠져나온 후 던의 몸이 연체동물이라도 되듯이 대지 위로 허물어져 내렸다.

"아우우~"

라이칸 슬로프 기사들이 울었다. 기사들과 병사들의 붉은 눈동자가 급격히 검게 물들어갔다. 눈동자도 없이 온통 검은색이다. 그들의 움직임이 더욱더 격렬해지고 빨라졌다.

뻐버버벙!

때를 같이하여 클라렌스의 화염구가 터졌다. 수십의 병사가 너덜너덜해진 채로 육편이 되어 사방으로 비산했다. 그와 함께 스웬슨의 대지의 정령이 또 한 번 변신했다.

날카로운 송곳이 되어 기사들을 꿰뚫고 지나갔고, 스웬슨을 상대하던 수십의 병사와 기사는 가을날 낙엽 떨어지듯 우수수 쓰러져 갔다. 그들처럼 광역 기술은 없지만 젠슨 역시 자신의 역할을 충분히 하고 있었다.

그가 지나간 곳에는 반드시 한 구의 시신이 널브러져 있었다. 그의 날카로운 손톱과 송곳니는 이미 붉게 변한 지 오래였다. 지금도 그의 손톱과 입 주변에는 마치 강물처럼 검붉은 피가 흘러내리고 있었다.

그들은 천이 되었든 이천이 되었든 모두 죽일 수 있었다. 그럴 만한 이들이었다. 그에 제논의 시선이 한 명의 기사에게로 향했다. 바로 클라렌스의 아들인 헬만이다.

그는 많이 지쳐 보였다. 아무리 익스퍼트 중급에 오른 기사라 할지라도 상대는 라이칸 슬로프이고 키메라였다. 당연히 쉽지 않은 접전을 벌이고 있음이 분명했다.

그가 자신보다 훨씬 상회하는 전력을 가진 라이칸 슬로프 기사와 키메라 병사들 사이에서 살아날 수 있었던 것은 오로지 클라렌스의 도움 덕분이었다. 사실 알게 모르게 클라렌스는 헬만에게 힘을 올려주는 스트렝스, 혹은 민첩을 올려주는 이베이젼 등 보조 마법을 걸어주었기 때문이다.

또한 그의 검과 방패 역시 이곳에 오기 전 미리 마법을 인첸트한 후였다. 그러하니 익스퍼트 중급의 실력이라 하더라도 이런저런 도움으로 상급 이상의 전력을 내어 살아남을 수 있었던 것이다.

그러한 그라 할지라도 2천의 키메라 병사와 2백의 라이칸 슬로프 기사는 쉽지 않은 상대였다. 돌볼 수 있는 한계가 있기 때문이다. 아무리 클라렌스나 스웬슨, 혹은 젠슨이 절대의 무력을 지녔다고는 하나 수가 수인만큼 결코 방심할 수 없었기 때문이다.

"크으윽!"

그때 마침내 헬만의 입에서 고통스러운 신음이 흘러나왔다. 그는 될 수 있으면 신음을 내지 않으려 했다. 어머니의 품속에 있는 자식이 아님을 증명하고 싶었기 때문이다.

그래서 묵묵하게 열심히 싸웠다. 생전 듣도 보도 못한 키메라 병사를 상대로 해서 말이다. 평소보다 몸놀림이 좋았고 힘역시 남아돌았다. 거기에 어머니께서 인첸트해 준 마법 검과 방패는 그야말로 대단한 힘을 발휘했다.

하지만 그것도 한계가 있었다. 자신의 힘이 닿는 데까지, 그리고 욕심내지 않고 차근차근히 움직였다. 하나 적의 중심으로 향하지 않고 포위되지 않을 위치인 외곽에서 착실하게 적을 줄여갔다 할지라도 수에 밀리니 어쩔 수가 없었다.

금세 헬만은 표적이 되었고, 키메라 병사들이 득달같이 달려들었다. 하나 외곽에서 지켜보고 있던 또 한 명의 사내가 등을 맞대고 그들을 상대함에 약간의 여유가 있기는 했다.

하지만 그것 역시 그때뿐이었다. 자신을 도와준 자의 무력은 그리 강하지 않았는지 이내 다시 수세에 몰렸다. 사내는 모습을 숨기고 불의의 기습에 키메라 병사들을 상대했다.

그러하니 당연히 시선이 집중되는 것은 자신이었다. 헬만은 어떻게 해서든지 적들의 시선을 끌고 방어하며 공격을 해나가야만 했다. 그때를 같이하여 사내 역시 암습을 실시하고 말이다.

하지만 그들은 점점 지쳐갔다. 그들은 사람이지 키메라나 라이칸 슬로프가 아닌 탓이다.

"후욱! 후욱!"

거친 숨을 내쉬는 헬만과 그의 곁을 지키고 있던 사내 아리에 와르셀이다. 블랙 맘바의 수장인 마이클 레빗으로부터 제논을 도와주라는 명을 받고 한시적이지만 제논의 책사가 된 그였다.

머리를 쓰는 책사이기는 하지만 근본이 어쌔신 길드의 2인자인지라 가진 바 무력이 결코 낮지 않았음에 약간은 자신감을 가지고 전장에 뛰어들었지만, 그것은 아리에의 크나큰 오산이었다.

이곳에 오기 전 그들에 대해 철저히 조사한다고는 했으나 서류로 보고 머리로만 익힌 그들과 직접 몸으로 체험한 그들

의 무력은 하늘과 땅 차이였다. 그에 아리에 역시 자신의 실
책을 뒤늦게나마 후회하고 있었다.

'라이칸 슬로프는 고사하고 키메라 병사들조차 버겁다
니……'

그러했다. 어쌔신으로서는 드문 중급의 실력자인 자신이
키메라 병사들에게 밀리고 있는 것이다. 그와 함께 그는 키메
라라는 것이 얼마나 위험한 존재이며, 비록 본류에 포함되지
않고 천대받는 3세대 라이칸 슬로프라 해도 그 3세대 라이칸
슬로프가 얼마나 무서운지 뼛속 깊이 새기고 있었다.

"후욱! 후욱! 제, 젠장!"

아리에의 입에서 욕지기가 흘러나왔다. 뜬금없는 욕지기
에 헬만은 슬쩍 그를 쳐다보고는 다시 자신들을 향해 쇄도해
오는 키메라 병사를 쏘아보았다.

조금 전 허용한 등 뒤의 일격이 상당한 모양인지 풀 플레이
트 메일을 입고 있음에도 불구하고 욱신거렸다.

"온다!"

헬만이 외쳤다. 그에 아리에 역시 긴장했다. 양손에 나눠
쥔 40센티미터 길이의 단검으로 핏물이 흘러내렸다. 그리고
그의 손이 가늘게 떨려오고 있었다. 지쳤다는 것을 의미하는
것이다.

약간은 암울해지는 순간이다. 하지만 세상일이라는 것이

언제나 생각대로만 흘러가는 것은 아니었다. 그것을 증명이라도 하듯, 그 둘을 둥그런 원으로 에워싸고 득달같이 쇄도하던 키메라 병사가 커다란 소리와 함께 허공으로 튀어 올랐다.

쾅과가가강!

"어? 어!"

"아!"

헬만과 아리에는 탄성을 내질렀다. 허공으로 떠오른 키메라 병사들 사이로 푸른색의 빛이 띠처럼 형성되며 그들을 헤집고 지나갔다. 그리고 그들은 떨어져 내렸다.

허공으로 떠오를 때는 분명 살아 있었지만 다시 대지 위로 떨어져 내릴 때는 이미 목과 몸이 분리된 상태였다. 진득한 핏물이 후두두 소리를 내며 그들의 머리 위로 쏟아져 내렸다.

둘의 시선이 머문 곳에는 제논이 긴 창과 그 창두를 풀숲에 묻어둔 채 자신들을 바라보고 있었다. 제논의 시선과 부딪친 둘은 안도하는 마음보다는 부끄러운 심정이 되었다.

특히 아리에는 진정으로 부끄러웠다. 이 모든 것을 주재한 것은 바로 자신이 몸담고 있는 블랙 맘바였다. 블랙 맘바의 반대파에게 정보를 흘려 그 정보가 트리아스 자작에게로 흘러들어 가게 한 것.

그리고 그들의 욕심을 드러내면서 오브레임 후작 가문의 특사인 던을 그들과 분리시키고 이곳까지 오게 한 것 모두가 아리에의 머리에서 나온 것이다.

하나 아리에는 자신이 진정 아는 것은 아무것도 없다는 생각이 들었다. 오브레임 후작 가문에 대해서도 몰랐고, 던 경에 대해서도, 그리고 그가 이끄는 몬스터 기사단도, 키메라 병사들 역시 몰랐다.

모든 것을 자신이 주재했다고 생각했건만 완벽하게 그들을 파악하지 못했다. 한마디로 지금의 모든 상황은 아리에에게 극단적인 충격으로 다가오고 있었다.

"잠시 쉬도록."

제논의 담담한 목소리가 그들의 귓등을 때렸다. 쉬라고 해서 쉴 수 있는 전장이 아니었다. 많은 수의 몬스터 기사와 키메라 병사가 죽어나갔지만 여전히 1천 가까이 남아 있는 것 또한 사실이기 때문이다.

그리고 제논의 음성을 들은 헬만과 아리에가 정신을 차리고 주변을 돌아보았을 때 수많은 키메라 병사들은 그들의 주변에 없었고, 단 한 사람을 향해 쇄도해 들어가고 있었다.

키메라 병사뿐만이 아니었다. 몬스터 기사들 역시 제논을 향해 쇄도하고 있었다. 자신들을 마치 어린아이 대하듯 하는 이들 중 가장 강력한 자가 바로 제논이라는 것을 본능적으로 깨달았기 때문이다.

그들은 알고 있었다. 무리를 와해시키는 가장 좋은 방법은 바로 무리의 우두머리를 치는 것이라는 것을 말이다. 그래서 그들은 움직였다. 특히 가장 앞서 제논을 향해 달려드는 자가 있었으니, 다름 아닌 몬스터 기사단의 단장인 스튜어트 프리드먼 경이었다.

기사 애덤 던이 없으니 그가 자연적으로 애덤 던의 자리를 승계한 것이다. 그리고 그는 자신이 역할을 충실히 하고 있었다. 병력을 물러섬이 없이 지휘하고 가장 강한 자를 향해 부나방처럼 날아든 것이다.

제논의 신형 역시 프리드먼과 다르지 않은 속도로 빠르게 쇄도했고, 한순간 눈부신 빛이 터져 나왔다. 충돌음은 없었다. 다만 엇갈린 두 그림자 중 하나가 끈 떨어진 연처럼 대지 위로 쓰러지고 있었다.

너무도 밝은 빛에 잠시 시야를 제한받았던 키메라 병사들과 몬스터 기사들이 다시 원래의 시야를 확보했을 때는 어느새 제논의 창을 따라 잔인한 핏빛 무지개가 사방을 휘젓고 있었다.

"크하아악!"

격렬하게 움직이고 있음에도 불구하고 어떠한 파공성도 없으며, 숨소리조차 거칠어지지 않는 제논이다. 제논의 창은 눈이 없었다.

걸리면 반드시 죽음으로 인도했다. 조금도 힘들어하지 않고 너무도 담담한 제논의 모습은, 무서움과 후퇴라는 단어 자체를 모르는 키메라 병사나 몬스터 기사들에게조차 공포로 다가가고 있었다.

제논이 창이 들고 다가감에 키메라 병사들과 몬스터 기사들은 자신도 모르게 뒷걸음질 쳤다. 날카로운 송곳니를 드러내며 으르렁거렸지만 적대적이 아닌 두려움에서 나오는 것이었다.

"물러서지 마라!"

제논이 입을 열어 말했다. 물러서지 말라고. 그들은 물러서고 싶지 않았다. 하지만 이성보다는 육체적인 감각이 우선하였다. 육체를 구성하는 근육과 피가 제논을 두려워하고 있는 것이다.

너무나도 강력한 포식자 앞에서 한없이 약해진 그들이었다. 그들이 물러나는 속도보다 두 배는 빠르게 제논의 신형이 움직였다. 그와 함께 몬스터 기사들과 키메라 병사, 그리고 제논 일행과의 전투는 정점에 이르고 있었다.

털썩!

"후우~"

마지막으로 몬스터 기사의 목을 꺾어버린 젠슨이 길게 한숨을 내쉬었다. 그리고 주변을 둘러보았다. 이미 전투는 끝나 있었다. 스웬슨은 쌍부에 묻은 피를 털어내고 있고, 헬만과 아리에는 한계까지 몰아붙여서인지 제멋대로 널브러져 거친 숨을 들이켜고 있었다.

그것은 1백에 이르는 라이칸 역시 마찬가지였다. 2천을 상대로 싸운 그들 역시 완벽하게 무사하지는 못했다. 팔이 잘린 이도 있고 목이 잘려 죽은 이도 있었다.

하지만 그래도 살아남았다는 것이 중요했다. 젠슨이 그들의 수를 세어보았다. 82명이 살아남았다. 2천의 키메라 병사를 상대로 18명이라면 기대 이상의 선전이라 할 수 있었다.

젠슨은 자신의 손을 내려다보았다. 붉게 물든 손이 가늘게 떨리고 있었다.

털썩!

그리고 젠슨은 주저앉아 버렸다. 힘이 하나도 없었다. 제논과 스웬슨, 그리고 클라렌스는 그러한 그들을 바라보며 무표정하게 앉아 있다. 하지만 힘들어서 앉아 있기보다는 다른 이들에게 회복할 시간을 주기 위해서처럼 보였다.

'정령 결계(Elemental Sanctuary). 엔다이론(Endairon). 회복의 장(Recovery Field)!'

슈화아악!

제논은 지쳐 쓰러진 이들을 위해 정령 결계를 펼쳤다. 그것도 상급 정령을 불러내서 말이다. 그에 우윳빛 불투명한 무언가가 그들이 쉬고 있는 공간을 반구체 형태로 감쌌고, 이내 투명하게 변해갔다.

제논의 결계에 직감적으로 체력이 회복됨을 느낀 클라렌스는 결가부좌를 틀어 마나 호흡을 하기 시작했으며, 젠슨을 비롯한 라이칸 기사들은 그저 헐떡이며 그대로 누워 있었다.

잘린 팔이 재생되기 시작하고 자잘한 상처에 딱지가 앉더니 이내 언제 그랬냐는 듯이 생채기마저 사라져 버렸다. 급격하게 몰아쉬던 가슴의 기복은 어느새 잔잔하게 바뀌었다.

그리고 사방으로 활개를 치고 널브러져 있던 라이칸 기사들이 한 명 두 명 체력을 회복하고 이전보다 더욱더 강인해진 모습으로 일어서기 시작했다. 그것은 헬만과 아리에 역시 다르지 않았다.

한계까지 자신을 몰아붙이고 마나 홀이 텅텅 빌 정도로 마나를 사용했음에 마나 홀이 조금 더 커졌음을 느꼈고, 한계를 느끼게 했던 벽을 조금은 허물 수 있었다.

생사를 넘나드는 격렬한 전투를 한 탓인지 실력이 부족한 이들은 약간의 발전을 이룰 수 있었다. 물론 그것은 살아 있는 자들에게만 주어지는 축복 같은 결과였다.

라이칸 기사들은 정신을 차리고 정렬하고 있었고, 젠슨과 헬만, 그리고 아리에가 제논이 있는 곳으로 다가왔다. 곁으로 다가온 젠슨을 보고 제논이 고개를 살짝 끄덕여 보이자 젠슨은 그것이 무엇을 의미하는지 바로 알아차렸다.

"구덩이를 파라!"

"명!"

"구덩이는 내가 파지!"

젠슨의 명에 먼저 나서는 스웬슨이다.

"정령 소환(Summon Elemental). 노움(Gnome). 디그(Dig)!"

스웬슨의 다리에서 황금색의 무언가가 움직였다. 젠슨을 비롯한 라이칸 기사들은 그 모습을 눈을 동그랗게 뜨고 바라보고 있다. 그들의 입장에서는 자신들보다 더 이질적인 존재가 감각에 잡혔기 때문이다.

시선과 감각을 사로잡은 것은 대지의 최하급 정령인 노움의 모습이다. 전설상에나 존재하는 드워프보다 작고 사람의 무릎 정도밖에 오지 않으나 오밀조밀한 모습과 흙으로 만들어진 근육이 결코 범상치 않았다.

드드득!

대지에 약간의 진동이 일어났다. 그리고 그들은 눈을 부릅떠야만 했다. 인간의 힘, 혹은 마법의 힘으로는 절대 팔 수 없는 거대한 구덩이가 파였다. 깊고 넓은 정사각형의 넓은 구덩이가 말이다.

"뭐 하고 있나? 어서 움직여!"

"명!"

입을 벌리고 그 모습을 바라보고 있던 라이칸 기사들을 일깨운 것은 역시 먼저 정신을 차린 젠슨이었다. 젠슨은 스웬슨과 몇 번의 대련을 한 적이 있기에 먼저 정신을 차리긴 했지만 그래도 여전히 적응이 안 되는 것은 사실이었다.

젠슨의 한마디에 라이칸 기사들이 빠르게 움직였다. 아무리 키메라 병사들이고 몬스터 기사들이었다고는 하지만 그들은 그 이전에 인간이었던 자이다. 물론 그들에게 미안한 감정이 있는 것은 아니다. 그들은 적 이상의 존재가 아니니까 말이다.

라이칸 기사들은 사방에 흩어져 널브러져 있는 시체들을 모아 구덩이 속에 집어넣었다. 수가 수이니만큼 시체를 모으는 것만으로도 꽤 많은 시간을 잡아먹었다. 이윽고 모든 시체를 구덩이 속에 던져 넣고 라이칸 기사들은 기다렸다.

"플레어!"

클라렌스의 손에서 청백색의 둥근 화염이 일어났다. 그 청백색의 둥근 화염은 클라렌스의 손을 떠나 구덩이 속으로 움직였으며, 이내 청백색의 불꽃이 거침없이 타올랐다.

"정령 소환(Summon Elemental). 실프(Sylfe). 탈취(Deodorization, 脫臭)!"

청백색의 불꽃이 괴기롭게 피어오를 때 그와 함께 오만상을 한 라이칸 기사들의 안색이 일순 다시 멍해졌다. 그들뿐만이 아니었다. 아까부터 계속 놀란 얼굴로 서로를 바라보고 있는 헬만과 아리에도 마찬가지였다.

"저게……."

"아마 정령이라는 존재일 것입니다."

헬만이 궁금한 얼굴로 묻자 그에 예상을 답을 해주는 아리에이다. 답을 해주는 아리에 역시 담담한 표정을 가장하고 있었지만 솔직히 내심은 심장이 튀어나올 만큼 놀라고 있었다.

'전설의… 귀환인가?'

정령은 전설이다. 드래곤보다 더 오래된 전설이다. 지금 아리에는 그 전설을 두 개체나 보고 있는 것이다. 대지의 정령에 이어서 바람의 정령까지. 비록 최하급이지만 말이다.

아리에는 그러다 문득 이런 생각이 들었다.

'감추지 않는다?'

제논은 감추지 않았다. 자신이 정령사라는 것을 말이다. 그 말은 여기 있는 모두가 알고 있거나 감추지 않고 드러내 보일 정도의 힘을 가지고 있다는 의미이다.

존재조차 알려지지 않은 정령사. 그런 정령사가 존재를 드러냈다. 만약 가진 바 힘이 약하다면 결코 드러내지 않았을 것이다. 인간의 욕심이란 생각보다 과격하여 자신이 가지지 못하면 차라리 없애 버리려 하기 때문이다.

'그는 이미 완벽하게 자신하고 있구나!'

그리고 아리에는 깨달을 수 있었다. 제논은 지금 이 모든 상황을 한눈에 꿰고 있다는 것을 말이다. 심지어는 자신이 찾아올 것까지 이미 생각하고 있었을지도 모른다.

거기까지 생각한 아리에는 오싹 소름이 돋았다. 그리고 또 하나를 생각해 내고야 말았다. 정령사라는 존재에 가장 중요한 것이 바로 정신력이라는 것을, 극도로 발달한 뇌라는 것을 말이다.

마법사도 따라가지 못할 만큼 세밀한 마나의 활용도와 함께 극도로 발달한 뇌 덕분에 정령사는 최하급을 다룬다 할지라도 천재 소리를 들었다고 하는 전설을 말이다.

아리에가 앞날에 대한 불안감에 깊은 생각에 잠겨 있을 동안 청백색의 불꽃은 조금씩 사그라졌다. 그리고 깊고 넓은 구덩이에는 회백색의 재만 남았다.

"폐(Closed. 蔽)!"

스웬슨의 입에서 음울한 목소리가 흘러나왔다. 그에 깊고 넓은 구덩이가 한순간에 스르르 흙으로 뒤덮였다. 아무것도 없었다. 죽은 자도 없고 회백색의 재도 없다.

있다면 새로워 보이는 흙뿐이다. 하지만 그것도 이내 풀이 자라 덮어버렸다. 피비린내도 없고 지독한 냄새도 없었다. 모든 것이 원래 있던 그대로 돌아와 있었다.

"트리아스 영주성으로 갈 건가요?"

"아닙니다."

클라렌스의 물음에 조용하게 답하는 제논이다. 제논의 말에 잠깐 생각에 잠겨 있던 클라렌스가 뭔가 알겠다는 듯이 고개를 끄덕이며 입을 열었다.

"트리아스 자작의 배후를 칠 작정이로군요."

"그렇습니다."

짐작했다는 듯 클라렌스가 고개를 끄덕였다. 하지만 클라렌스를 제외하고 제논의 말이 의미하는 바를 깨달은 자는 아리에가 유일했다. 나머지는 뜬금없이 적의 배후를 친다는 말에 당황하고 있었다.

"저… 왜?"

젠슨이 참지 못하고 물었다. 그에 제논 대신 클라렌스가 입을 열었다.

"의미가 없으니까요."

"그렇다면 필립스 남작을 치러 간 크리스 웨인라이트와 벨트란 남작의 영주성을 치러 간 캠프 남작과 헤르메스 베컴은 어떻게 되는 것입니까?"

젠슨의 물음은 당연한 것이다. 누구나 가질 수 있는 의문이다. 젠슨의 의문에 클라렌스는 살짝 미소 지었다. 그럴 줄 알았다는 듯이 말이다.

"그들은 스스로의 영지를 개척하는 것이지요. 패트리아스 백작께서는 이미 이번 전쟁에 반드시 승리하리라 자신하고 있었지요. 이 전쟁에 승리하면 결코 필립스 남작과 벨트란 남작을 살려둘 수 없으니까요."

그 말에 고개를 끄덕이고야 마는 젠슨이다. 이미 제논은 전쟁 이후를 생각하고 있었다. 제논의 약점은 강한 무력이 있는 반면 믿을 만한 사람이 적었고 병력 또한 적었다.

때문에 그가 택할 수 있는 방법은 한 가지였다. 과거를 기억하는 자들을 불러 모으는 것이었고, 그들을 흡수해야만 했다. 트리아스 자작 가문과 그를 따르는 가신들 역시 다르지 않을 것이다.

그들 역시 제거될 것이다. 많은 귀족들이 필요할 것이고, 인재들 또한 필요할 것이다. 세력을 키우기 위해서 3년이라는 시간은 절대 많은 시간이 아님은 분명하였다.

그러하기에 세력을 흡수하는 수밖에 없었다. 그리고 다행히도 과거를 기억하고 과거의 영광을 회복하려는 사람들이 있었다. 당장에 헤르메스가 그러했고, 크리스가, 캠프 남작이 그러했다.

"허면 남은 것은 이제 트리아스 자작 연합군이로군요."

"그렇게 된 셈이지요."

아리에는 그들에 대화에 끼어들 공간이 없어 보였다. 자신을 그만큼 믿은 아리에였던지라 충격에 충격이 더해지면서 서서히 그 자신감이 무너지고 있었다.

괴물만 모아놓은 것 같았다. 7서클은 무난하게 넘어 보이는 프라네리온 백작과 정령사인 패트리아스 백작, 그의 의형제인 스웬슨 페트리아스 남작, 그리고 라이칸 기사단의 단장인 젠슨 브레이커 경까지.

정상적인 사람으로 볼 수 있는 자는 프라네리온 백작의 아들인 헬만 프라네리온 경이지만 나이가 스물을 넘지 않은 것을 생각하면 그도 괴물에 가까웠다.

나이 열아홉에 익스퍼트 중급이 어디 가당키나 한 말인가? 하니 이 괴물들의 틈바구니 속에서 자신의 위치를 잡기가 여간 어려운 것이 아니었다.

그렇다고 군사가 따로 필요한 것도 아니었다. 패트리아스 백작 옆에는 이미 프라네리온 백작이 그림자처럼 따라붙고 있기 때문이다. 그녀가 과거 헤밀턴 공작 가문 삼공녀의 신분이었음을 아는 아리에였기 때문에 더 그러했다.

"후우~"

아리에는 자신도 모르게 한숨을 내쉴 수밖에 없었다. 그에 옆에 있던 헬만이 물었다. 전투 도중 서로 등을 맡겼던 상대다. 전투는 끝났지만 등을 맡긴 동료 의식은 아직 살아 있는지 조금은 가까워진 둘이다.

"무슨 일 있으십니까?"

"어? 아! 뭐… 내 자리가 있기는 할지 걱정돼서 그러네."

아리에의 말에 잠시 생각에 잠긴 헬만은 이내 피식 웃었다.

"왜 웃나?"

"괜한 걱정을 하시니 웃었습니다."

"괜한 걱정이라니?"

아리에가 뚱하니 물었다. 어린놈이 자신을 비웃는 것 같아 탐탁찮은 표정을 지었다. 하나 그러한 표정을 보았음에도 별다른 반응을 보이지 않은 헬만은 담담하게 말했다.

"설마 패트리아스 백작 각하의 세력이 여기서 끝나리라고 생각하는 것입니까?"

"그건 아니지."

"허면 와르셀 남작께서는 패트리아스 백작 각하 주변에 있는 이들과 얼마나 오랫동안 지내왔으며 그 시간 동안 어떤 신뢰를 쌓았다고 생각하십니까?"

"으음……."

헬만의 물음에 입을 닫고 작게 신음을 흘리는 아리에였다. 미처 생각지 못한 면이다. 자신은 도움을 주러 온 사람이었다. 보통이면 절박한 상황에서 도움을 주러 온 사람에게는 큰 신뢰를 보내는 법이다.

하지만 헬만은 그것이 아니라고 말하고 있는 것이다. 도움을 주러 온 것은 고마우나 그것이 충분한 신뢰 속에서 쌓은 것이냐가 중요하였다. 또한 패트리아스 백작이 아리에 와르셀 남작에 대해 파악할 수 있는 시간이 너무 짧기도 했다.

그 짧은 시간에도 능력을 확인하고 적재적소에 배치하는 것이 바로 군주의 덕목이라 할 수도 있으나 그러하기에는 너무나 경황이 없었다. 처음 백작령으로 오는 숲 속에서 한 번 본 이후 이번이 두 번째다.

대체 무엇을 파악하고 무엇을 알 것인가? 그러하니 겉돌 수밖에 없었다. 제논으로서는 아리에를 알 수 있는 시간이 부족했고, 아리에로서는 자신의 실력을 검증할 시간이 부족했던 것이다.

그런데 임무를 맡은 아리에로서는 조급할 수밖에 없었다. 임무이기 때문에 거기에 대한 중압감으로 스스로 일을 망칠 뻔한 순간, 헬만이 그것을 지적하고 나선 것이다.

"고맙군. 경이 아니었으면 내 큰 실수를 할 뻔했군."

"아닙니다. 저 역시 와르셀 남작께 도움이 될 수 있어 다행입니다."

둘은 전투를 통해 동료라는 의식이 생겼고, 서로에게 조언을 해줌으로써 한층 더 가까운 사이가 되었다. 나이를 떠나서 말이다. 그러한 둘의 모습을 유심히 지켜보는 이가 있었으니 다름 아닌 바로 제논과 클라렌스였다.

둘의 모습을 본 제논과 클라렌스는 고개를 끄덕였다. 이제야 헬만과 아리엘이 자리를 잡아가고 있는 것 같았다.

솔직히 제논 일행과 비교해서 지극히 평이한 자들일 수밖에 없었다. 자신과 다른 이들. 자연히 의기소침해지고 힘들어하며 겉돌 수밖에 없다.

그것은 배려를 해준다고 해서 바뀌는 것이 아니다. 스스로가 동료라는 의식을 가지고 있어야만 했다.

헬만은 아리에가 있어서, 아리에는 헬만이 있어서 동료라는 것을 깨달아가고 있는 것이다. 서로를 알아간다는 것이 그래서 중요한 것이다. 이들은 단순히 하루 이틀 보고 사라져 버릴 동료가 아니기 때문이다.

"충분히 쉬었으면 출발하도록 하지."

제논의 말에 다들 몸을 일으켰다. 일행이 되고 동료가 되었다. 단 한 번의 전투로 말이다. 아리에는 이상하게 패트리아스 백작 일행이 되었다는 점에서 가슴이 떨려왔다.

그 반면에 앞으로 코린 왕국이 어떻게 될 것인가에 대한 근심도 생겨났다. 그저 그런 과거의 인물이라 생각하고 있던 제논 패트리아스 백작이다. 그런데 아니었다.

어쩌면 현 코린 왕국의 국왕보다도, 코린 왕국을 좌지우지하고 있는 헤밀턴 공작조차도 그의 상대가 안 될지 몰랐다. 하지만 아리에는 애써 그 감정을 부정했다.

아직 일어나지 않은 일이고, 자신은 현재의 임무에 충실하면 되었다. 자신이 임무를 수행하고 있다는 것은 패트리아스 백작 역시 알고 있으니 그리 큰 문제의 소지는 없었다.

그렇게 제논의 일행은 걸음을 옮겼다. 일행 중 가장 무력과 체력이 달리는 헬만과 아리에에 맞춰 적정한 속도로 이동했다. 그러한 이유는 그리 빨리 움직일 필요가 없기 때문이기도 했지만 영주성을 지키고 있는 겜블 경에 대한 믿음이 있기도 했기 때문이다.

전쟁은 이제 시작한 것이다. 국왕과의 전쟁, 그리고 헤밀턴 공작 가문과의 전쟁을 말이다. 하지만 전쟁이 거기에서 끝이 날지 아니면 더욱더 길어질지는 모를 일이다.

제논 일행은 말없이 움직여 나갔다. 물론 그들에겐 적정한 속도였지만 일반인들에게는 상상을 초월하는 것이었다. 쉰다는 것 자체가 없었다. 간단하게 체력만 회복하는 정도에 그치고 또다시 움직이고, 낮에도 밤에도 움직였다.

그리고 그들은 마침내 트리아스 자작 연합군의 후위를 점할 수 있었다. 그 짧은 시간에 제논 일행이 트리아스 자작 연합군을 따라잡을 수 있었던 것은, 상상조차 할 수 없을 정도의 빠른 이동 속도도 속도지만 연합군의 행군 속도도 그 이유였다.

연합군의 5만이라는 병력은 그야말로 대군이라 할 수 있었다. 여느 영지전처럼 자작 하나에 남작 두 명이 동원할 수 있는 병력의 수가 아님은 분명했다. 그러다 보니 서두른다고 서둘렀지만 당연히 그 행군 속도가 눈에 띄게 달라질 수는 없었다.

아무리 정규군이라고는 하나 전쟁을 치르는 것과 훈련을 하는 것은 천양지차임은 분명하니까 말이다. 그렇게 그들의 뒤를 잡았을 때는 이미 트리아스 자작 연합군이 영주성 앞에 진영을 튼 뒤였다.

그리고 그들이 하나의 병력 손실 없이 영주성까지 도달한 연유는 제논이 병력을 움직이기 전 모든 영지관에게 영주령을 내렸기 때문이다. 성문을 열고 그들을 맞아들이고 길을 열어주라는 것이었다.

피해를 최소화하기 위한 조치였다. 거기에 더불어 제논 나름대로 아군과 적군을 구분해 내기 위한 방법이기도 했다. 군을 보탠다면 적이 될 것이고, 그저 길만 열어준다면 아군이 되었다.

길을 열어주고, 병력을 내어주지 않으며, 군량을 내지 않는다는 것은 영주령에 의하기 때문에 영주의 명을 지킬 자세가 되었음을 증명하는 것이기 때문이다.

또한 트리아스 자작 연합군의 무지막지한 겁박에 이겨낼 정도로 담력을 지니고 있다는 것도 증명하는 것이니 앞으로 영지를 운영함에 있어 그들을 크게 쓸 요량이었다.

그러한 제논의 명에 영지관들은 확실하게 둘로 나뉘었다.

명령이 없었음에 길만 열어주는 영지관이 있는가 하면, 명령이 없었음에도 불구하고 트리아스 자작 연합군에 붙어 병력과 군수 물자를 지원한 영지관까지 있었다.

그러한 덕분에 영주성 앞에 진을 친 트리아스 자작 연합군의 수는 근 5만 5천에 이르고 있었다. 또한 그들의 뒤를 끊임없이 잇고 있는 군수부대 역시 대단하였고 말이다.

"아직 성을 공격할 의사가 없는 모양인데 보급부대를 공격하는 것이 어떻겠습니까?"

그때 아리에가 의견을 내었다. 지금 트리아스 자작 연합군은 항복을 권유하고 있었다. 전통적인 전투전의 모양새를 그대로 따르고 있었다. 그 시일을 정해 항복을 권하고, 항복해 오지 않으면 그때 공격을 개시하는 방식 말이다.

트리아스 자작은 자신의 관대함을 드러내기 위해 항복 권유 시일을 무려 일주일이나 주고 있었다. 항복한다면 굳이 힘들여 병력을 움직일 필요가 없다는 생각에서였다.

자신은 관대하게 일주일의 시간을 주었고, 그 관대함에 영지민의 관심을 바라는 수작이었다.

'나는 관대하다. 그러므로 너희가 나를 따름에 충의를 바쳐야 할 것이다.'

바로 이런 귀족적인 논리 때문이다. 후방이 조금 불안하기는 하지만 솔직히 그리 어렵지 않다는 생각을 가진 것은 사실이다. 각 영주성을 지키고 있는 전력이 약하지 않았고, 던 경역시 약하지 않기 때문이다.

그것을 단번에 파악한 아리에였다. 평생을 권모술수 속에서 살아온 아리에다운 빠른 결정이자 제안이었다. 제논과 클라렌스 또한 지금은 그리하는 것이 좋다는 판단이 섰다.

보급이 막히면 저들은 당황해할 것이다. 당황하면 상황 판단이 어려워질 수 있었다. 그렇게 되면 어쩌면 스스로에게 한 일주일의 항복 권유 시일을 지키지 못할 수도 있었다.

"좋은 생각이로군."

"어떻게 나누시겠습니까?"

"본대는 여기로 정하고, 와르셀 남작은 수시로 본성과 연락을 취할 것이며 전장의 상황을 종합 분석하도록."

"명을 받듭니다."

제논은 아리에에게 막대한 임무를 맡겼다. 그가 보여줄 수 있는 최대한의 신뢰를 보인 것이다. 그에 아리에 역시 회심의 미소를 지을 수 있었다. 머리를 쓰는 일이니 말이다.

"기습 1조는 나와 프라네리온 백작이, 기습 2조는 스웬슨과 젠슨, 기습 3조는 라이칸 32명이, 기습 4조는 헬만과 나머지 라이칸 기사단 50명으로 정한다."

"명!"

불만은 없었다.

"각각 조별 해당 지역은······."

제논은 마치 이미 생각하고 있었다는 듯이 아주 신속하고 정확하게 기습조를 편제하였고, 각 기습조의 담당 지역까지 일사천리로 지정해 주었다. 그리고 단순히 한 개의 기습조가 한 개의 지역만을 담당하는 것이 아니었다.

그러하기에는 기습조의 인원이나 혹은 장소가 금방 파악되어 기습이 무효로 돌아갈 수 있기 때문이다. 그 생각 역시 아리에의 머리에서 나온 것인데, 기습적인 작전은 역시 그가 뛰어난 면을 보여주고 있었다.

"그렇군. 훌륭해."

제논의 훌륭하다는 말에 살짝 입꼬리를 말아 올리는 아리에였다.

"다들 들었으니 이 시간부로 각 지역의 1지점으로 이동하고, 서로에 대한 통신은 프라네리온 백작이 만든 통신구로 상시 하도록 한다."

"명을 받듭니다."

가장 먼저 스웬슨과 젠슨이 자리를 떠났다. 그리고 라이칸 기사단이, 이어 헬만과 라이칸 기사단이 떠났다. 모두가 자리를 떴을 때 클라렌스가 아리에에게 양피지 하나를 건넸다.

"무엇입니까?"

"텔레포트 스크롤이에요."

클라렌스의 말에 눈을 부릅뜬 아리에였다. 말로만 들어본 텔레포트 스크롤. 블링크 스크롤은 사용해 본 적 있으나 텔레포트 스크롤은 본 적조차 없다.

"지점은 영주성 내 집무실로 되어 있어요. 혹시라도 이곳 쉘터가 발각되면 지체 없이 찢으면 될 거예요."

"감사합니다."

"감사는요. 어찌 될지 모르나 당분간은 같이할 중요한 사람이니 당연한 것을요."

제논은 세심하게 신경을 쓰는 클라렌스가 내심 고마웠다. 자신이 생각하지 못한 부분을 정확하게 짚어내기 때문이다. 클라렌스가 바라보자 제논은 살짝 고개를 숙여 고마움을 표했다.

그에 클라렌스는 그저 흰 치아를 드러내 보이며 조용하게 웃을 뿐이다.

Chapter 04

"빨리빨리 움직여라!"

한 명의 기사가 마상에서 느릿하게 움직이고 있는 병사들에게 고함을 쳤다. 5만 5천의 병력과 전투마가 먹어야 할 군량과 마초란 일반적인 생각을 뛰어넘는 엄청난 물량이다.

이 시대의 병사들은 보통 하루 1.5킬로그램의 곡물을 소모한다. 5천이면 7,500킬로그램, 5만 5천이면 82,500킬로그램의 곡물이 필요하다. 그것도 하루에 소비되는 곡물이 그렇다.

그러면 대체 그에 필요한 보급부대의 행렬은 얼마나 될까? 보통의 군부대는 독자적으로 보급 수레와 함께 이동하는데 보병 1만 2천 명에 수레 650대가, 기병 3천 명에 짐수레 300대가 이동했다.

보통 수레 한 대에 80킬로그램 곡물 7포대와 기타 육류를 포함하면 대략 562킬로그램 내외의 무게가 된다. 562킬로그램 650대면 365,300킬로그램이라는 계산이 나온다.

보병이 5만으로 네 배가 살짝 넘는 병력이니 총 2,600대 짐수레와 1,461,200킬로그램의 군량이 운송된다. 기사와 기병이 총 5천이니 또한 짐수레 500대가 필요하다.

기사와 기병까지 하면 1,742,200킬로그램. 그래 봐야 고작 21일 정도의 군량이다. 전쟁이라는 것이 딱 21일 만에 끝나는 것도 아니다. 트리아스 자작 연합군이 영주성에 도착하는 데만 해도 무려 한 달이라는 시간을 잡아먹었다.

그러면 나머지는 현지 조달이나 혹은 보급부대의 보급에 의해서 군량을 조달해야 한다. 병력의 수가 많다면 그만큼 보급해야 할 물량이 많아진다는 이야기이고, 보급부대의 수 역시 무시할 수 없다고 할 수 있었다.

그런데 그 보급이 대략 한 군데에서 행해진다면 그것이 가능할까? 하루 82톤을 보급해야 하는데 말이다. 당연히 어렵다. 하니 보급부대의 보급로가 여러 갈래로 갈라질 수밖에 없었다. 현지 조달이라는 것도 한계가 있는 법이니까.

그러한 판국에 트리아스 자작은 자신의 관대함을 대내외

적으로 표방하고 있었다. 그러하기에 현지 조달이라는 기본적인 방법조차 행하기 어려웠다.

결국 오직 보급부대의 보급에 의존할 수밖에 없는 것이다. 보급은 길어지고, 보급의 수 역시 하루 한 번 이상으로 늘어날 수밖에 없었다. 보급부대는 이미 병력을 일으키고 행군을 시작한 지 15일 만에 재개되었다.

군 보급에 있어서 항상 여분의 군량은 필수이기 때문이다. 그나마 패트리아스 백작의 영주성까지 아무런 전투가 일어나지 않아 무기나 방어구, 혹은 공성병기에 대한 보급이 없어서 다행이었다.

만약 그것까지 감안했다면 트리아스 자작 연합군의 병력은 결코 5만 5천을 유지할 수 없었을 것이다. 그중 절반 정도는 보급을 위해 빠져 나가야만 했을 것이다.

물론 공격 시에는 일시적으로 그 병력이 공격에 가담할 수 있겠으나 그것은 어디까지나 일시적인 병력의 충원일 뿐 고정적인 병력이라 할 수 없었다. 그만큼 전투를 위한 병력과 보급을 위한 병력은 상당히 차이가 날 수밖에 없었다.

그러하니 보급을 담당하는 기사의 입에서 험악한 소리가 나올 수밖에 없었다. 정규 병력과는 전혀 다른 보급부대의 병력이었으니 인상을 찌푸리고 강압적인 행동을 보이는 것이다.

게다가 보급부대가 작은 규모도 아니고 5만 5천의 병력이 3일 동안 먹을 양이다. 대략 24.7톤. 수레 441대에 라운시 종 짐말이 882마리, 고삐를 잡은 병력 441명에 한 수레당 네 명의 병력이니 1,764명.

총 2,205명의 병력과 기사 20명이 움직이고 있는 것이다. 말과 수레까지 합한 길이가 5.6미터, 앞의 말과 뒤의 말의 이격 거리가 대략 1.5미터 정도이니 행렬의 길이만도 무려 3킬로미터에 이른다.

이들이 이런 말도 안 되는 보급을 하는 연유에는, 아무런 전투가 없던 데다 거기에 영주들의 호의적인 태도 때문에 군기강이 헤이해질 대로 헤이해진 것이 한몫하고 있었다.

사실 여기 있는 기사들은 다 알고 있었다. 정작 영주성을 지키는 병력은 얼마 되지 않고 패트리아스 백작마저 영지에 없다는 것을 말이다. 그러하기에 이들은 승리는 당연히 자신들의 것이라고 생각하고 있었다.

그렇지 않다면 중간에 보급 진지를 구축하고 그곳에서 보급을 짧게 짧게 이어가는 전략을 사용했을 것이다.

그렇다 해도 그들은 하루 40~50킬로미터는 충분히 이동하고 있었다. 보통의 정련된 보급부대라면 80킬로미터쯤은 기본이겠으나 물량이 많고 초년병과 같은 병사들이기에 그러한 거리가 나오는 것이다.

그러한 그들을 바라보던 기사는 헬름 사이로 하늘을 보며 벌써 중식을 제공해야 할 시간임을 가늠하고 있었다. 새벽 일찍 출발했음에도 아직 목표한 지점에 도달하지 못했지만 그 정도는 이미 감안한 사항이었다.

"선두를 정지시키고 중식을 제공하도록 하게."

"아, 알겠습니다."

옆에 있던 또 다른 기사가 명을 받아 빠르게 말을 몰아가며 외치기 시작했고, 부산하게 움직이던 병력과 말은 그대로 자리에 정지하면서 휴식과 함께 중식을 취할 수 있는 대형을 갖추었다.

아무리 오합지졸이라 할지라도 병사는 병사다. 중간에 도망친 이들이 없는지, 혹은 짐말의 상태가 어떠한지 살피는 것도 기사들의 중요한 임무라 할 수 있었다. 하지만 2천이 넘어가는 병력을 스무 명의 기사가 통제한다는 것은 솔직히 조금 버겁기도 했다.

이 보급부대를 이끄는 부대장인 듯한 기사 역시 헬름을 벗어 던지고 느긋한 자세로 한쪽으로 모여들고 있는 병사들을 바라보았다.

모든 병력이 다 모이는 것은 아니었다. 아무리 적이 없다고 할지라도 경계는 반드시 배치한다. 결국 절반은 휴식과 중식을, 절반은 수레에 남아 경계를 하는 식이었다. 그것은 기사들 역시 다르지 않았다.

하지만 그 모든 것이 정상적으로 지켜지는 것은 아니었다. 이미 병사들과 기사들 모두 풀어질 대로 풀어진 상태. 병사들은 차치하고라도 기사들 중에 풀 플레이트 메일을 느슨하게 풀어 헤치고 무기를 몸에서 떼어 아무 곳에나 던져 놓는 경우도 다반사였다.

"에후, 이게 무슨 고생이람."

"그러게 말이네. 지금은 한참 일손이 달릴 시기인데, 참."

병사들은 기사들과 조금은 동떨어진 곳에서 그저 소나 돼지가 발을 담그고 지나간 것 같은 멀건 수프에, 씹으면 이빨이 떨어져 나갈 것 같은 빵 쪼가리를 받아 들고 인상을 쓰며 답답한 심정을 토로했다.

어차피 이들은 정규군이 아닌 소집령에 의하여 강제 모집된 병력이었다. 훈련과 병기가 모두 제대로 갖춰진 상황이 아니었다. 보급부대임에도 불구하고 식사는 지극히 간소했다.

그들의 시선이 향한 곳에서는 야전임에도 불구하고 기사들이 거느린 종자나 노예들이 야전 탁자와 의자를 놓고 푸짐하게 중식을 차리고 있었다.

"염병!!"

"……."

병사들은 그에 누구 하나 답을 하지 않았다. 자신들과는 전혀 딴 세상의 식사를 하는 기사들이기 때문이다. 그들의 눈에는 불만이 가득했다. 어쩔 수 없이 따를 뿐, 충성심이라고는 전혀 보이지 않았다.

그러한 보급부대를 은밀하게 바라보는 이들이 있었다. 그들은 다름 아닌 제논과 클라렌스였다. 그 둘은 까마득히 높은 하늘에 두둥실 떠 있어 어찌 보면 그저 하늘을 나는 새, 혹은 점으로밖에 보이지 않았다.

그러함에도 불구하고 둘의 눈에는 트리아스 자작 연합군의 보급부대 상황이 일목요연하게 보이고 있었다. 둘은 자그마하게 고개를 끄덕이며 보일 듯 말듯 미소를 지었다.

"기사들만 처리하면 되겠어요."

"그렇군요. 단, 병사들을 따로 정리할 방법을 생각해야겠어요."

"다른 기습조를 부르면 어떨까요?"

"그들을 말입니까?"

"저 병력을 후방으로 빼돌려야 하지 않겠어요? 그리고 저들을 잘만 활용한다면 트리아스 자작 연합군이 심리적으로 상당히 위축될 것 같기도 한데요."

클라렌스의 말에 제논이 고개를 끄덕였다. 그녀는 살려둔 병사들을 활용할 생각이었다. 제거하는 것이 아닌 그들을 살려주어 소문을 퍼뜨리고자 하는 것이다.

이른바 심리전을 사용하는 것이다. 확실히 그러는 편이 훨씬 더 좋았다. 저들 역시 자신의 영지민이 아닌가? 그들을 살리자는데 제논이 반대할 이유가 없었다.

"기습조를 불러야겠군요. 저들이 의외로 보급로를 다양화하지 않아서 다행입니다."

"어리석은 것이지요. 아무리 저항이 없고 우호적이라고는 하나 전쟁을 치름에 있어서 보급 진지 없이 3킬로미터가 넘어가는 보급 행렬이라니요. 그들은 오라버니를 너무 쉽게 보았어요."

"……."

클라렌스의 말에 제논은 말없이 부산하게 움직이고 있는 보급부대를 바라보았다. 무표정을 가장하고 있지만 제논의 눈가에는 약간의 떨림이 일고 있었다. 자세히 관찰하지 않으면 도저히 발견할 수 없을 정도의 미세한 떨림이었지만 말이다.

그리고 클라렌스 역시 그것을 보지 못했다. 클라렌스의 시선은 까마득히 아래에서 부산하게 움직이고 있는 보급부대를 향해 있었다. 다만 그녀는 어느 사이엔가 제논과 둘이 있으면 서슴없이 오라버니라는 말을 사용하고 있다는 것이 많이 달라져 있었다.

'스웬슨, 들리나?'

'어매! 성님이우? 정령사끼리는 이런 것도 가능한가 보우?'

깜짝 놀란 듯한 스웬슨의 감정이 고스란히 제논에게로 전해졌다.

'이쪽으로 와야겠다.'

'우리만?'

제논의 생각에 무언가 더 있을 것이라는 것을 눈치챈 스웬슨이 물었다.

'나머지 기습조와 와르셀 남작까지 모두.'

'알았수.'

스웬슨은 따지지 않았다. 제논이 불렀으면 그만한 이유가 있기 때문이다. 설명은 모두가 모인 후에 들어도 상관없었다. 스웬슨과 정신 감응으로 대화하고 있을 때 클라렌스는 제논을 빤히 쳐다보고 있었다.

그녀의 얼굴에는 감탄보다는 참으로 희한하다는 표정이 떠올라 있었다. 그리고 제논이 스웬슨과의 정신 감응을 마칠 때를 같이하여 입을 열었다.

"정령사라는 것, 참으로 희한하네요. 모든 정령사라는 존재는 오라버니와 스웬슨과 같은 정신 감응이 가능한 것인가요?"

클라렌스의 물음에 가볍게 고개를 저은 제논이다.

"모든 정령사가 그렇지는 않습니다. 다만 스웬슨의 경우 제가 정령사로 이끌었기에 정신 감응이 가능한 것이지요."

"아! 뭐… 마법사의 사제지간, 혹은 같은 마탑에 같은 종류의 마법을 익혔을 때 연결되는 마나의 감응과 같은 것인가요?"

"설명하자면 그것보다는 조금 더 복잡한 문제이겠으나 굳이 비슷한 예를 들자면 그것이 맞을 겁니다."

"그런데……."

무언가 할 말이 있다는 듯이 끝을 흐리는 클라렌스였다. 그에 무언가 이상한 느낌이 든 제논이 그녀를 바라보았다. 둘의 시선이 부딪쳤다. 어색한 침묵이 감돌았다.

"오라버니는 여전히 저를 남으로 대하는군요."

"……."

순간 움찔하는 제논이다. 여전히 생경하게 다가오는 클라렌스의 말과 행동이다. 제논은 슬쩍 클라렌스의 시선을 회피했다. 그에 아쉬운 듯 클라렌스 역시 시선을 돌리며 입을 열었다.

"아직은 아닌가 보죠. 나는 과거의 오라버니가 아닌 현재의 오라버니를 보고 있는데 말이지요."

아주 작은 목소리이다. 하나 아무리 작다 해도 못 들을 리 없는 제논이다. 제논의 눈가에 떨림이 있었다. 조금 전보다 더 강렬해진 떨림이다. 하나 여전히 무심함을 가정하는 제논이었다.

"그들이 왔군. 가시지요."

"그래요."

아무렇지도 않게 말하는 제논이고, 아무렇지도 않게 대답하는 클라렌스였다. 그리고 그들의 모습이 사라졌다. 그들이 사라진 장소는 그저 파란 하늘만 남았을 뿐이다.

그들이 다시 나타난 곳은 82명의 라이칸 기사와 스웬슨, 젠슨, 그리고 하멜과 와르셀 남작이 모두 모여 있는 곳이었다. 무려 86명이 집결해 있으나 어떠한 소리도 들리지 않았다.

하다못해 풀잎에 스치는 소리조차 들리지 않았다.

"일루전 월(Illusion Wall), 사일런스 존(Silence Zone)!"

도착하자마자 클라렌스는 마법을 펼쳐 일종의 무음 지대를 설정했다. 제논과 스웬슨이야 정신 감응이 되기에 말을 하지 않아도 되었지만 나머지는 아니었다.

말을 해야 하니 당연히 말이 새어 나가지 않게 일종의 권역을 설정하였고, 적들이 볼 수 없는 지역이기는 하나 역시 만에 하나를 위해 사람의 시각을 왜곡시키는 마법을 실행시킨 것이다.

클라렌스가 마법을 실현시킨 것을 본 제논이 간단하게 모두를 이곳에 부른 이유를 설명했다.

"요는 병사들을 이용하여 후방을 교란시키라는 말이군요. 또한 그들 역시 백작 각하의 영지민이 될 자이기에 피를 보고 싶지 않으신 것이고요."

"정확하오."

와르셀 남작은 제논의 의중을 정학하게 파악했다. 그에 와르셀 남작은 턱을 쓰다듬으며 잠깐 숙고하는 듯한 모습을 보였다. 그리고 이내 입을 열어 의견을 제시했다.

"기사들을 병사들이 보는 앞에서 제거해야만 합니다. 백작 각하의 힘을 보여주서야만 병사들은 온전하게 백작의 명을 받들 것입니다. 기실 병사들의 입장에서는 영주가 누가 되건 간에 상관이 없습니다. 강하고 영지민을 위해주는 영주라면 이웃 왕국의 귀족이라 해도 받아들이지 않을 이유가 없는 것이 영지민입니다."

기실 그러했다. 어떤 사람이 오든 상관하지 않았다. 왕국의 왕이 바뀌어도 그저 냉담한 표정을 드러내 보이는 영지민들이었다. 그들이 그러한 이유는 배움이 부족한 것도 있지만 철저하게 권력에서 멀어져 있기 때문이다.

단지 목숨을 부지하는 것이 더 중요한 문제가 되기 때문에 그러했다. 영주가 바뀌고 누가 오면 어떠한가? 지금 당장 힘들고 굶어 죽게 생겼는데 말이다. 자신들의 배를 불려주면 그것으로 족하고 그것으로 충성을 맹세할 수 있는 존재가 바로 영지민이었다.

왕국에 충성은 배가 부르고 난 후에야 가능한 일이었다. 그러하기에 무지한 평민이 된 것이고, 그저 이렇게 하라면 그렇게 하고 저렇게 하라면 그 또한 그렇게 하는 족속이 된 것이다.

영지민이 무지한 것이 아니고 위정자들과 권력을 가진 족속들이 영지민을, 혹은 왕국민을 그렇게 만든 것이었다. 그들이 배우고 깨치면 자신들의 자리를 위협하기 때문에 우민화 정책을 펼친 것이다.

물론 그 깊은 속내에는 두려움이란 것이 존재했다. 위정자와 권력자는 소수다. 하나 왕국민은 다수이다. 소수가 다수를 다스리기 위해서 가장 필요한 몇 가지를 들자면 가장 우선하는 것이 식량 통제다.

그다음은 지식을 통제하는 것이다. 그러하기에 이 대륙을 최초로 통일한 퍼스트 카이저 황제는 책이란 책은 모두 모아 불태우는 만행을 저지르기도 했다.

그만큼 위정자와 권력자들은 다수의 평민과 노예를 무서워했다. 겉으로는 그들을 무시하고 무지한 것들이라 폄하하지만 가슴속 깊은 곳에는 그러한 두려움이 존재했다.

그리고 그러한 위정자들과 권력자들의 우민화 정책 결과가 바로 이것이었다. 강한 자에게 굽히며, 자신들의 배를 불려주는 이를 위해 충성한다는 것이다.

와르셀 남작은 그것을 정확하게 꿰뚫고 있었다. 그래서 병사들의 앞에서 정당하게 그 힘을 보이라는 것이다. 그러면 따를 것이라고 말이다.

"그리고… 그들에게 군량을 나눠 주셔야 합니다."

와르셀 남작의 말에 그를 힐끗 바라본 제논이다. 하지만 굳이 그에 반대하지는 않았다. 제논 역시 어느 정도 상황을 파악하고 있기 때문이다. 여느 귀족들과 전혀 다르지 않은 트리아스 자작 연합군이다.

전쟁을 위해서는 물자를 갹출해야 한다. 그 갹출 방법이란 것은 역시 강제성을 띠고 있었다. 세금이 무려 70%이다. 그런데 전쟁을 위해 식량을 내어놓으라면 누가 내어놓겠는가? 그래서 강제로 추징하는 것이다.

병사들도 마찬가지였다. 이 시대의 가족이란 바로 노동력이라고 할 수 있었다. 그래서 가족이 많으면 많을수록 좋았다.

그것은 어린아이라 할지라도 다르지 않았다. 어린아이도 일을 해야만 했다. 그래서 여아보다는 남아를 선호한다. 여아는 시집갈 때와 아이를 생산할 때를 제외하고는 쓸 곳이 없었으니까.

가족은 곧 노동력과 직결되고, 노동력은 먹고사는 것으로 직결된다. 그런데 징집 공고를 내면 과연 어느 누가 나서서 자원하겠는가?

없었다. 하니 강제 징집을 할 수밖에 없었다. 강제 징집은 결국에는 상당한 파탄을 드러낸다. 조금이라도 생명에 위협이 된다면 검을 놓고 도망치기 일쑤인 것이 징집병이었다.

하지만 징집을 하지 않을 수도 없었다. 정규군을 거느리는 데는 한계가 있었다. 왜냐하면 군대는 생산을 위한 조직이 아닌 소비를 위한 조직이기 때문이다. 그들은 단 한 번의 무력을 위해 존재하는데 얼마나 많은 재화가 들어가는가?

그래서 정규군을 유지하는 데는 한계가 있을 수밖에 없었다. 그리고 정규군은 보통 15년 이상이라 할 수 있었다. 그것도 연줄과 배경으로 간신히 들어가는 경우가 허다했다.

평민에게 있어 정규군은 권력의 한 축이기 때문이다. 그 쥐꼬리만 한 권력도 권력이라고 평민을 우습게 알고 청탁까지 하는 이들이 줄을 서는 판국이니 말이다.

그리고 지금 제논 일행이 노리고 있는 보급부대는 그들을 인솔하는 기사들을 제외하고는 모두가 징집병이었다. 전혀 충성심이 없는.

자신들의 가족을 위해서라면, 또는 목숨을 부지하기 위해서라면 언제든지 등을 돌릴 수 있는 그런 존재였다. 자신들에 이득이 되는 이라면 무조건 충성을 바칠 수 있는 그런 존재였다. 아주 작은 베풂에도 감동할 수 있는 그런 존재였다.

어찌 보면 지극히 순수한 이들이라 할 수 있었다.

"좋군. 그대로 진행한다."

"명!"

결정되었다. 아무런 저항도 없이 말이다. 와르셀 남작은 솔직히 감탄하고 있었다. 가진 바 무력만큼이나 담백하기 그지없었다. 여느 귀족이라면 아깝다 할 것이다.

짐말도 짐말이지만 그 식량이라는 것이 5만 5천의 병력이 무려 3일 동안 먹을 수 있는 대단한 양이다. 같은 수의 일반 영지민이라면 일주일은 충분히 먹을 정도이다.

그러한 것을 별 생각도 없이 바로 승낙할 수 있는 귀족이 대체 몇이나 될 것인가?

'그는 간웅인가, 아니면 영웅인가?'

그 순간 와르셀 남작이 받은 느낌이다. 하나 와르셀 남작은 이내 고개를 저어 현재 처한 상황에 집중하기로 했다.

패트리아스 백작이 오래 버티면 버틸수록 좋았다. 국왕의 입장에서는 말이다. 너무 거대해지면 문제가 될 법도 하지만 그것은 이후에 생각할 문제였다. 지금은 살아남아 국왕에게 얼마나 큰 도움을 주느냐가 중요했으니까 말이다.

와르셀 남작이 그렇게 생각을 정리하고 있을 때 클라렌스는 어느새 일루전 월(Illusion Wall)과 사일런스 존(Silence

Zone)을 해제하고 보무도 당당하게 보급부대가 중식을 먹고 있는 곳으로 걸어 들어가고 있었다.

마치 자신의 집으로 걸어가는 것 같은 태도에 그저 물끄러미 바라보는 기사들과 병사들이다. 어쩌나 당당한지 같은 아군일 수도 있다는 생각이 들었기 때문이다.

그들의 등장에 보급부대의 대장으로 보이는 자가 앞으로 걸어 나오고 있다. 그는 전혀 긴장하거나 경계하지 않는 모습이다. 거의 100명에 가까운 이가 오고 있음에도 불구하고 말이다.

그럴 수밖에 없는 것이 보급부대의 기사들은 지금 제논 일행을 도저히 기습을 위한 부대라고 생각할 수 없었다. 기습을 하는 부대 중 어떤 부대가 이리도 당당하게 걸어 들어온단 말인가? 그것도 백주에 말이다.

그러하니 그들은 당연히 자신들을 마중 나온 트리아스 자작 연합군의 기사들이라 생각하고 있는 것이다. 그리고 보니 보급부대장은 무기도 차지 않고 풀 플레이트를 대충 걸치고 제논에게로 다가오고 있었다.

"오, 우리가 너무 늦어서 마중 나온 것이오? 이거 미안하게 되었소이다. 징병한 병사들이 어쩌나 굼뜨던지 그놈들을 통제하는 것이 여간 힘든 게 아니어서 말이오."

"그렇소?"

부대장의 말에 제논이 추임새를 넣었다. 너무나 자연스러웠다.

"하하, 그렇소이다. 헌데 어느 부대에 소속되어 있는 것이오? 엠블럼을 처음 보는 것 같아서 말이오. 아, 오해하지는 마시오. 워낙 합류한 병력이 많아 아직 다 외우지를 못해서 말이오."

부대장의 말에 제논의 입꼬리가 살짝 말려 올라갔다. 보기에 따라서는 굉장히 싸늘한 웃음이었지만, 제논 일행을 철저하게 아군이라 믿고 있는 부대장이기에 전혀 어색하게 생각하지 않는 모습이다.

"나 말이오?"

"그렇소."

"나는 말이오."

그러면서 한 발자국 다가가 부대장의 귀에 속삭였다.

"패트리아스 백작이오."

"뭐?"

부대장의 귀에 들릴 듯 말듯 들려오는 제논의 목소리. 그에 부대장은 순간 몸이 그대로 굳어버렸다.

'이게 무슨 말이지? 놀리는 건가?'

매우 황당하다는 듯이, 혹은 자신을 놀리는 것이 매우 불쾌하다는 듯이 몸을 뒤로 빼며 인상을 굳히는 부대장이다. 그때 휴식을 취하고 있던 기사들이 그들 주변으로 몰려들었다.

반가운 마음에 다가온 것이다. 심지어 경계 임무를 맡은 기사들마저 오니 순식간에 20명이나 되었다. 그들은 갑작스럽게 변하는 부대장의 모습에 대체 무슨 일인지 궁금하다는 표정이다.

"날 놀리는 것인가?"

"내가 비싼 음식 먹고 한가하게 농담이나 하자고 이곳에 온 줄 아나?"

부대장과 제논의 말에 기사들이 웅성거렸다. 대체 어떻게 된 상황인지 알 수 없다는 표정들이다. 저 사내가 대체 무슨 말을 했기에 부대장의 안색이 저렇게 변하며 목소리가 저리도 날카로워지는지 궁금한 것이다.

"저, 정말인가?"

"그럼. 정말이고말고."

제논은 마치 놀리듯이 말했다. 하나 부대장은 그것을 곧이곧대로 믿을 수가 없었다. 어찌 백작이 직접 온단 말인가? 그리고 그 백작은 트리아스 자작의 영주성으로 향했다고 하지 않았는가?

더하여 몬스터 기사단과 병력 2천이 그를 치러 갔다고 했는데 대체 이 무슨 날벼락이란 말인가? 믿을 수 없었다. 진정 믿을 수가 없었다.

"트리아스 영주성으로 가려 했지. 그런데 사람도 아니고 짐승도 아닌 것이 우리를 공격하더군. 그 무리를 이끄는 수장이 아마 애덤 던이라는 기사일 것이야. 그의 부관은 스튜어트 프리드먼이라고 하더군."

부대장의 얼굴이 창백해졌다. 그러한 이들이 오지 못했다는 것은 그들이 다 죽었다는 것을 의미하기 때문이다. 아무리 무력이 약해 보급부대의 부대장을 맡고 있기는 하지만 기본적으로 그는 기사였기 때문이다.

"미, 믿을 수 없다!"

"이걸 보면 믿을지 모르겠군."

휘익! 투둑!

그 말과 함께 부대장의 발치에 묵직한 무언가가 떨어져 내렸다. 부대장은 그것이 사람의 머리라는 것을 직감했다. 그리고 눈을 찢어질 듯 부릅뜨며 경호성을 내었다.

"허업!"

아는 얼굴이다. 먼발치에서 한 번 본 적 있다. 그때 던 경은 트리아스 자작과 몇몇 남작에 둘러싸여 있었기에 그저 보는 것만으로 만족한 부대장이었다.

그래서 피가 빠지고 제대로 된 형태조차 잘 알 수 없는 지경으로 팅팅 불어 있는 모습이라 할지라도 단박에 알아볼 수 있었다. 그는 반사적으로 외쳤다.

"저, 적이다!"

"뭐?"

"무슨……?"

부대장의 말에 기사들은 대체 부대장이 무슨 말을 하는지 모르겠다는 듯이 서로 얼굴만 쳐다보고 있다. 저 머리 두 개가 대체 무엇이관데 적이라고 하는가 말이다.

그때였다.

촤아악!

갑자기 핏물이 튀었다.

"어억!"

기사들이 멍한 표정을 지었다. 일시지간 부대장의 몸이 허물어지고 있었다. 그들은 자신의 얼굴에 핏물이 튀었다는 것조차 느끼지 못한 듯 보였다. 지금의 상황 자체를 제대로 인지하지 못하고 있는 것이다.

"살(殺)!"

"명(命)!"

"무, 무슨……?"

"쳐, 쳐랏!"

반사적으로 외치는 기사들이었다. 하나 그들의 얼굴은 이미 칠흑처럼 어두워져 있었다. 마치 자신들의 죽음을 예감한 듯이 말이다.

촤라랏!

"꺼어억!"

여기저기에서 비명 소리와 함께 답답한 신음 소리가 들렸다. 순식간에 일어난 일이다. 부대장이 죽고 20명의 기사가 전멸하는 데 단 1분도 걸리지 않았다.

그들이 반사적으로 위기를 느껴 대적한다고 하지만 복장은 물론이고 무기도 제대로 갖추지 않은 상태에서 대체 어떻게 대적한단 말인가? 그들이 허둥거릴 때 이미 모든 준비가 완료된 제논 일행은 눈 깜짝할 사이에 20명의 목숨을 취한 것이다.

그 비현실적인 모습에 병사들은 그저 먹던 중식을 입에 물고서 멍하니 그들을 바라보고 있을 뿐이다. 도대체 이 상황을 어떻게 받아들여야 할지 몰랐기 때문이다.

대적해야 할지 아니면 머리를 땅에 처박고 목숨을 구명 받아야 할지 도무지 감이 잡히지 않은 그런 표정들이다. 그때 제논의 음성이 울려 퍼졌다.

"들거라! 본작은 제논 패트리아스 백작이라 한다! 너희를 용서한다! 돌아가라! 가지고 온 식량을 가지고 고향으로 돌아가라! 그리고 전하라! 코린 왕국의 검과 방패가 다시 돌아왔노라고!"

제논이 외치는 순간 모든 병사들은 왜 그래야 하는지 모르지만 스스로 무릎을 꿇고 머리를 숙일 수밖에 없었다. 무엇이 자신들을 그렇게 하게 하는지 몰랐지만 어쨌든 그렇게 해야 만 할 것 같았다.

그중 몇 명은 지금의 상황이 매우 이상하다는 것을 눈치챘음인지 무릎을 꿇고 머리를 숙이고 있음에도 불구하고 주변을 둘러보고 있었다. 다만 고개를 들어 앞을 확인하려는 행동은 보이지 않았다.

툭! 툭!

그러던 중 한 명의 병사가 옆에 있는 병사를 툭툭 건드렸다.

"아, 왜?"

"우리가 왜 이러고 있냐?"

"그, 글쎄?"

그조차도 몰랐다. 자신도 모르는 일을 옆에 있는 병사라고 해서 알까? 모르는 것이 당연했다. 그에 병사는 물음에 대한 답은 포기하고 대신 다른 것을 물었다.

"정말일까?"

"뭐가?"

"저거 가져가도 된다는 것 말이다."

병사의 물음에 질문을 받은 병사는 슬쩍 각 수레마다 쌓여 있는 군량을 바라보았다. 군량을 쳐다보던 병사는 자신도 모르게 마른침을 삼켰다.

'저것만 있으면⋯⋯.'

가족이 배를 곯지 않아도 되었다. 아니, 마을 전체가 배를 곯지 않아도 되었다. 사실 정규 병사들이야 하루 1.5킬로그램의 식량을 주고 부식으로 고기도 준다지만 자신과 같은 일반 병사들은 아니었다.

하루 두 끼니를 겨우 먹었고 부식은 언감생심 바라지도 못했다. 제대로 훈련을 받지 못한 탓에 화살받이나 되지 않으면 그나마 다행인 것이 일반 병사였다.

머리를 숙이고 있으나 병사들의 생각은 온통 식량을 가득 실은 수레에 집중되어 있었다.

"모두 일어나도록!"

그때 기사로 보이는 자들이 어느새 긴 행렬 중간 중간에 서며 외쳤다. 그에 병사들은 무릎을 펴고 허리를 폈다. 그리고 주변을 두리번거리기 시작했다. 마치 누군가를 찾는 듯이 말이다.

지금 이곳에는 그들을 통제하는 이가 아무도 없었다. 그들을 통제하던 기사가 모두 죽었으니 말이다. 사실 이것조차도 말이 되지 않는다. 물론 수적으로 2천의 병력을 관리하는 데 20명의 기사면 충분하겠으나, 상당히 중요한 보급부대인 점을 감안하면 병사들을 관리하는 기사가 더 있어야만 했다.

그런 것을 통해 지금 트리아스 자작 연합군이 제논을 얼마나 얕잡아 보고 있는지 알 수 있었고, 병사들 또한 트리아스 자작 연합군에 대한 충성심이 그리 높아 보이지 않았다.

그저 시키니까 하는 정도의 충성심, 아니, 상당한 반발심을 가지고 있는 듯 보였다. 그도 그럴 것이, 그들 앞에서 죽어나간 기사가 20명이나 되는데 병사들은 꿈쩍도 하지 않고 있었다. 병사들이 기사를 어떻게 생각하고 있는지 충분히 알 수 있었다.

"각 조 조장은 앞으로 나오도록!"

병사들은 기본적으로 10인 1조를 이루고 있었다. 조장 한 명에 조원이 아홉 명이다. 또한 같은 동향끼리 묶이는 경우가 다반사였다. 그 이유는 바로 기사들과 귀족들이 귀찮아서였다.

적절하게 섞어 병사들의 전투력을 극대화하여야 할 그들이었지만 정규군만으로 충분하다 생각한 것인지 단지 도망가지 못하게 하고 관리하기 편하게 동향끼리 묶어놓은 것이다.

라이칸 기사들의 외침에 각 조장들은 군말 없이 앞으로 나왔다. 그러한 조장들을 인솔하여 라이칸 기사들은 행렬의 중간으로 갔고, 그곳에는 이미 많은 조장이 모여 있었다. 일말의 기대감과 흥분, 두려움을 가지고 말이다.

제논 패트리아스 백작이라는 귀족이 하는 말대로라면 자

신들은 살 수 있었고 또한 식량까지 구해 돌아갈 수 있었다.

"병사들의 편제에 대해 알려줄 사람 있나?"

젠슨이 입을 열어 각 조장들에게 물었다. 그때 약간은 늙수 그레한 목소리의 사내가 입을 열어 답했다.

"10인 1조로서 같은 동향 사람으로 구성되어 있습죠."

노병사의 말에 젠슨은 고개를 끄덕였다. 나이가 근 50은 되어 보이는 병사로서 일찍 결혼했다면 손자까지 있을 나이 이건만 전쟁에 동원된 것이다.

"그거 참 편하군."

딱 한 조당 두 수레로 나누기도 편했다. 트리아스 자작 연 합군이 관리하기 편하게 나눈 병력이 오히려 지금 이 순간 제 논을 도와주고 있는 것이다.

"한 조당 두 수레! 순차적으로 출발한다!"

젠슨의 말에 병사들은 쉽게 움직이지 않았다. 젠슨의 말이 사실인지도 걱정스러웠고, 혹시라도 트리아스 자작이나 혹은 그를 따르는 귀족으로부터 보복을 당할 것이 두려웠기 때문 이다.

젠슨의 눈에 그러한 두려움이 비쳤다. 하나 병사들을 뭐라 할 수는 없었다. 이 전쟁과 아무런 관련이 없는 사람들이기 때문이다. 그저 귀족들의 권력 놀이에 희생당한 희생자일 뿐 이었다.

"믿지 못하는 건가?"

젠슨의 말에 또다시 노병사가 용기를 내어 입을 열었다.

"두려워서 그렇습니다요."

"두렵다……. 무엇이 두려운가?"

"트리아스 자작과 그를 따르는 귀족들의 보복이 두렵습니다요."

두렵다 하면서도 할 말은 다하는 노병사였다. 역시 오래된 삶에서 흘러나오는 노련함일 것이다. 그의 내심에는 이런 말을 해도 상대는 절대 자신을 해치지 않을 것이라는 믿음이 있었다.

"나는 두렵지 않은가?"

"두렵습니다요."

"헌데?"

"두려우나 지금까지의 기사나 귀족들과는 다르다는 느낌입니다요."

역시 노련한 대답이었다. 하지만 젠슨은 만족했다. 병사들은 자신들을 두려워하나 한번 믿어볼 만하다고 판단한 것이다.

"조장의 생각을 믿으면 된다."

"정말입니까요?"

"허면 지금의 상황에서 무엇을 어떻게 할 것인가? 이 행렬을 이끌고 트리아스 자작 연합군으로 가겠는가? 그렇다 해도 말리지는 않겠다."

젠슨의 말에 조장들은 할 말이 없었다. 바로 자신들의 삶과 죽음을 가르는 순간이기 때문이다.

"그러면 선택하기로 하지. 무조건 조당 두 수레이다. 트리아스 자작 연합군에게로 갈 자는 우측으로, 그렇지 않은 자는 좌측으로 서라."

병사들은 또다시 망설였다. 하기에 그들은 서로의 눈치를 살피느라 여념이 없었다.

"트리아스 자작 연합군으로 간다 해도 막지 않고 살려줄 것이다. 허나 이것 하나는 확실히 해야겠지."

젠슨의 조건에 조장들의 눈이 의아함으로 물들었다.

"트리아스 자작 연합군으로 간다면 그 순간부터 우리의 적이 되는 것이다."

그 한마디로 모든 것이 결정된 것이나 다름없었다. 기사들도 당하지 못한 패트리아스 백작의 기사들이다. 적으로 간주한다 함은 기습을 할 것이라는 것과 다르지 않음이니 그 소리를 들은 병사들은 얼굴이 창백해졌다.

물론 제논은 트리아스 자작 연합군으로 가는 병사들을 기습하지 않을 것이다. 하지만 명백하게 선을 그었다. 지금의 상황에서는 적군 아니면 아군이었다. 완벽한 흑과 백으로 나뉘는 것이다. 회색이란 있을 수 없었다.

또한 제논은 적에게 관대하지 않았다. 무지하다고 해서, 어쩔 수 없는 상황이라고 해서 적에게 군량과 병력을 그대로 가져다 바치는 행동은 하지 않았다.

엄밀히 말하면 이들은 있어도 그만, 없어도 그만인 존재이다. 이들을 살려준다고 해서 자신이 원하는 방향으로 마음을 돌릴지도 미지수였고, 전장에서 만난 적 병사들을 살려준다는 것 자체도 우스운 일이었다.

전쟁은 잔인하고 포악한 것이다. 어쩌면 인간이 표출할 수 있는 가장 추악한 광기라 할 수 있을 것이다. 그런데 용서가 있을까?

인간을 위한다? 그것은 영웅이 하는 일이었다. 지금 이 순간 제논은 영웅이 아니었다. 복수하기 위해, 그리고 잃어버린 과거를 되찾고자 몸부림치는 사람일 뿐이었다. 전장에서 관대함은 다시 자신에게 죽음으로 돌아오는 부메랑과 같은 것이다.

"고향으로 가겠습니다요."

노병사의 입에서 고향으로 가겠다는 말이 흘러나왔다. 처음 한 명이 나오기 힘들 뿐이지 그 뒤는 일사천리였다. 그렇지 않아도 무척이나 갈등하고 있던 조장들이다.

그러한 판국에 자신들의 마음을 대변하던 노병사가 결정

을 하니 그대로 마음이 탁 풀리면서 와르르 무너져 내렸다. 그들을 보며 젠슨은 날카롭게 웃었다.

"막지 않을 것이다."

"은혜, 감사합니다요."

"내가 베푼 은혜가 아니다. 제논 패트리아스 백작 각하께서 베푸신 은혜일 뿐이다."

젠슨의 말에 조금은 떨어진 곳에서 무심하게 지금의 상황을 지켜보고 있는 백발의 사내를 바라보는 노병사였다. 이윽고 그는 사내를 향해 허리를 굽혀 고마움을 표시하고는 걸음을 돌려 병사들이 있는 곳으로 향했다.

그는 병사들에게 명을 내리고 두 개의 수레를 몰아 지금까지 왔던 길을 거슬러 올라갔다. 그가 움직이자 그를 따라 결정을 내린 병사들이 움직였다. 이내 441대의 수레는 시끄러운 소리를 내며 가던 길의 정반대 방향으로 이동하기 시작했다.

"그들이 모두 자신의 고향으로 돌아갈까요?"

"그렇지 않은 자들도 있을 겁니다."

헬만에 곁에 있던 와르셀 남작에게 물었다. 그에 와르셀 남작은 성심껏 자신의 생각을 말해주었다.

"위험하지 않을까 하네요. 백작 각하에 대한 정보가 저들에게 흘러들어 갈 것입니다."

"위험하지 않을 것입니다. 백작 각하께서 설마 그것을 염두에 두지 않았을 리 없습니다. 그리고 그들은 결코 섣불리 움직일 수 없을 것입니다. 아직 식량이 남았다고는 하나 계속 이렇게 보급부대를 노린다면 오히려 불안한 후방에 오판을 할 수도 있을 것입니다."

와르셀 남작의 말에 고개를 주억거리는 헬만이다. 헬만이 알기로 와르셀 남작은 국왕 쪽의 사람이다. 그런데 그는 이미 패트리아스 백작에 대해 대단히 많은 것을 파악하고 있고 그를 상당히 신뢰하고 있었다.

그것이 약간 의심스러웠다. 이 사람이 진심으로 패트리아스 백작 각하를 따르는 것인지, 아니면 코린 왕국의 국왕을 섬기는지 말이다. 사실 헷갈렸다. 하지만 분명한 것은 와르셀 남작은 지금 진심으로 그를 대하고 있다는 것이다.

Chapter 05

"지금 무어라 했는가?"

"…보급부대가 기습을 당했다 합니다."

"누구에게?"

"패트리아스 백작이 직접 이끄는 기사단에 의해서라고 합니다."

보고자의 말에 입을 닫은 트리아스 자작이다. 그는 의자에 등을 기댄 채 손을 깍지 끼고 착 가라앉은 목소리로 다시 물었다.

"던 경은 어찌 되고?"

"소식이 없습니다."

"소식이 없어?"

"그렇습니다."

"……."

또다시 대화가 단절되었다. 트리아스 자작 연합군에 속해 있는 귀족 중 그 누구도 함부로 입을 여는 자가 없었다. 상황이 무척이나 안 좋게 돌아가고 있다는 것을 알기 때문이다.

이런 상황에서 자칫 입을 잘못 놀렸다가는 공적은커녕 트리아스 자작에게 찍혀 전쟁에서 승리한다고 해도 오히려 입지가 더욱 좁아질 수 있었다.

"어떻게 알게 되었는가?"

"살아 돌아온 병사가 있었습니다."

"병사를 데리고 오게."

"명을 따릅니다."

기사가 목례를 올리고 물러났다.

"허어, 어찌 이런 일이……."

"던 경과 길이 엇갈린 것 아니겠습니까?"

필립스 남작이 입을 떼자 그제야 귀족들이 입을 열어 현 상황에 대해 이야기하기 시작했다. 하지만 무척이나 조심스러웠다.

"그럴 수도 있겠으나 어쩐지 느낌이 좋지 않구려."

벨트란 남작의 말에 딱딱하게 굳은 얼굴과 무거운 음성으로 답하는 트리아스 자작이다. 정말 느낌이 좋지 않았다. 딱 꼬집어 뭐라고 할 수 없는데 어쩐지 뒷골이 서늘한 그런 느낌이다.

트리아스 자작의 말에 막사는 정적에 휩싸였다. 그들 역시 불안하기는 마찬가지였다. 영주성을 포기하고 적 영지의 영주성을 향해 돌격하는 패트리아스 백작의 작전은 실로 생각지도 못한 전략이라 할 수 있었다.

물론 자신들의 영지 내에는 아직도 많은 영주와 병사가 있지만 아직까지 승리나 혹은 패배에 대한 소식이 들려오지 않고 있었다. 심지어는 패트리아스 백작이 진군시킨 병력들의 움직임조차 보고되지 않고 있었다.

그리고 5만 5천의 대병력으로 항복을 권유했음에도 불구하고 아무런 반응을 보이지 않고 있는 패트리아스 백작의 영주성이다. 답답하고 피곤했다. 게다가 해서는 안 될 생각이지만 던 경이 거느린 병력이 전멸했을지도 모른다는 불안감이 엄습해 왔다.

그때 막사의 입구를 들추며 조금 전에 병사를 데리러 나갔던 기사가 들어왔다. 그의 뒤로 잔뜩 움츠러든 추레한 모습의 병사가 조심스럽게 따라 들어오고 있었다.

"고하거라!"

"소, 소인은 나이트 조나단 경이 인솔한 제 3보급부대 3천 인대 2백인대 7조장인 하트란이라 하옵니다."

하트란 조장은 길고 긴 자신의 소속과 이름을 밝혔다. 트리아스 자작을 비롯한 기사들은 말없이 하트란 조장을 바라보며 그의 말에 귀 기울이고 있다.

막사 내의 분위기가 너무나 싸늘했는지 하트란 조장은 잔뜩 움츠러들어 연신 눈치를 보았다. 사방으로 눈알을 돌리는 것이 상당히 기회주의적인 인물로 보였다.

"거짓을 아뢰면 아니 될 것이다."

"어찌 그런……."

"고하거라!"

"그게… 그러니까… 이곳 본진으로부터 이틀거리인 말론 지역을 지날 때였습니다."

그렇게 하트란 조장의 길고 긴 설명이 시작되었다. 그리고 그의 설명이 길어지면 길어질수록 귀족들의 얼굴은 딱딱하게 굳어갔다. 물론 하트란 조장의 전신은 이미 땀으로 목욕을 하고 있는 상황이었다.

"으음. 물러가라!"

하트란 조장의 설명이 다 끝나갈 때쯤 트리아스 자작은 무겁게 입을 열었다. 그에 말을 끊고 주변의 눈치를 살피던 그는 기사의 나가라는 눈빛을 받고 뒷걸음질로 막사를 벗어났다.

하트란 조장이 막사를 벗어나고도 한동안 아무런 말이 없었다. 그만큼 그의 말은 이들에게 충격적이었던 것이다.

"병사의 말에 의하면 던 경과 그를 따르는 몬스터 기사단, 그리고 2천의 병사 전부가 전멸당한 것이로군."

착 가라앉은 트리아스 자작의 말에 막사는 정적이 감돌았다. 지금의 상황을 제대로 인식하지 못하기도 했거니와 있을 수 없는 일에 모두 멍해 있는 상태였다.

탁!

마침내 트리아스 자작이 회의용 탁자를 손바닥으로 내려쳤다. 막사 내에 있는 귀족들의 시선이 일제히 트리아스 자작에게로 향했다. 귀족들의 시선을 받은 그의 얼굴에 굳은 결의가 담겨 있다.

"내일… 공성을 시작할 것이오."

"하지만 이것은 옳지 않습니다. 아무리 전쟁 중이라 하나 한 번 내뱉은 약속은 반드시 지켜져야 할 것입니다. 헌데 이미 모든 이들, 심지어 백작성의 성민들도 알고 있는 약속을 저버려서는 결코 승리하여도 승리라 할 수 없습니다."

트리아스 자작 가문의 가신으로 있는 클레인 남작이 반론을 재기했다. 하나 트리아스 자작은 그러한 클레인 남작의 말을 결코 듣지 않았다. 가신으로 받아들이기는 했으나 자신을 이미 세 번째의 주군으로 택한 이.

결코 호의적으로 다가오지 않는 클레인 남작의 반론이다. 그것은 비단 트리아스 자작의 생각만이 아니었던 모양이다.

"그래서, 그래서 그리도 많은 주군을 모신 것이오?"

"……."

가신 중 클레인 남작과 척을 지고 있는 존슨 남작이 클레인 남작의 반론을 무시하며 인신공격을 감행했다. 클레인 남작은 결국 아무 말도 할 수 없었다.

자칫 회의장의 분위기가 가라앉을까 저어한 트리아스 자작은 재빠르게 그 둘을 진정시켰다.

"그만! 어차피 역사는 승자의 것! 승리하면 그만이오!"

"지당하신 말씀입니다."

"그 말씀을 기다렸습니다."

클레인 남작을 제외한 모든 귀족이 트리아스 자작의 말에 적극 동의했다. 솔직히 항복 권유 시일을 일주일이나 준다는 것은 말도 안 되는 일이었다. 이틀도 많은 판국에 말이다.

은근히 미적거리는 트리아스 자작의 행동에 답답한 마음이던 귀족들이다. 그런데 단 하루 만에 그 결정을 번복하니 쌍수를 들어 환영하는 것이다.

"그리 알고 준비들 하시오."

"명을 받듭니다."

귀족들이 분분히 일어났다. 그중에는 클레인 남작도 있었다. 하나 다른 귀족들과 다르게 안색은 극히 딱딱했다. 그는 막사를 벗어나 자신의 진영으로 걸음을 옮겼다.

그의 뒤에는 예의 그림자처럼 호위하는 기사가 있었으니, 클레인 남작 가문의 기사단장인 베베토 경이다. 베베토 경 역시 클레인 남작과 다르지 않은 표정이다.

"아, 이로써 트리아스 자작 가문의 영광도 끝이 나는 모양이구나."

클레인 남작은 하늘을 쳐다보며 한숨을 길게 토해냈다. 누가 들으면 되지도 않는 말이라고 화를 낼 만도 했으나 클레인 남작은 마치 당연하다는 듯이 말하고 있다.

"어차피 트리아스 자작은 남작님을 품을 수 있는 그릇이 아니었습니다."

클레인 남작 뒤에서 무표정하게 말하는 베베토 경이다. 그러한 베베토 경을 한 번 힐끗 바라본 클레인 남작은 아무렇지도 않은 표정으로 답답한 듯 입맛을 다셨다.

"다시 주군을 바꿔야 한다는 말인가?"

"가문이 생존하기 위해서는 그리해야 합니다. 또한 원래대로라면 그것이 맞습니다. 원칙을 따지면 지금의 트리아스 자작이 반란군이 되는 것이니까 말입니다."

베베토 경의 직설적인 말에 한숨을 내쉬며 고개를 젓는 클레인 남작이다. 다른 귀족이었다면 한마디 했을 것이나 클레인 남작은 오히려 그러한 면 때문에 그에게 가문의 기사단장을 맡긴 것이나 다름없었다.

"그렇기는 하나 이번에는 조금 망설여지는군. 벌써 세 번째인데 말이지."

"신경 쓰지 마십시오. 노블리스 오블리제는 땅에 떨어진 지 이미 오래입니다. 또한 드러내지 않을 뿐 그들은 이미 속으로 썩을 대로 썩어 악취가 사방으로 진동하고 있습니다."

클레인 남작은 가던 걸음을 멈추고 베베토 경을 빤히 바라보았다. 하나 베베토 경은 자신의 주군의 생각이 어떠한지 상관없는 모양이다.

"이 전쟁, 애초에서부터 명분조차 없던 것입니다. 그들이 그렇게 울부짖는 노블리스 오블리제에 정면으로 부딪치고 있고 말입니다. 그 이유는 남작님께서도 아시다시피 바로 권력에 대한 그들의 욕심 때문입니다."

고개를 끄덕였다. 하나도 틀린 말이 없었다.

"그런데 그러한 그들에게 대체 무엇을 바라신 것입니까? 어차피 트리아스 자작에게 충성을 맹세한 것도 아니지 않습니까?"

불을 뿜듯 말하는 베베토 경이다. 참으로 무식하다 전해지는 여느 기사들과 전혀 다른 식견을 지니고 있는 그였다. 그러하기에 클레인 남작이 베베토 경을 곁에 두고 있는 것인지도 몰랐다.

"그래서 어찌했으면 좋겠는가?"

"이미 답을 알고 계시지 않습니까?"

"나는 경의 말을 듣고 싶은 것이네."

클레인 남작이 다시 걸음을 옮기기 시작했다. 그러자 베베토 경 역시 그를 따라 걸음을 옮겼다.

"말해주지 않을 셈인가?"

"패트리아스 백작에게로 가십시오."

"우리가 그럴 자격은 있던가?"

조금은 자조적인 목소리의 클레인 남작이다. 살아남기 위해 영지를 두 번이나 옮겼다. 알 만한 귀족들은 자신을 기회주의자라고 부른다. 그 말이 맞다.

자신은 기회주의자이다. 힘이 없기에 살아남기 위해 두 번이나 변절했으니 좋은 말로 기회주의자라 할 것이고, 나쁜 말로 변절자이다. 두 번을 변절했기에 클레인 남작은 여전히 그 말로부터 자유롭지 못했다.

가문을 위하여, 두 번 다시는 후대에 자신과 같이 힘이 없어 이리저리 철새처럼 옮겨 다니는 일이 없게 하기 위해 그 스스로가 불구덩이로 뛰어들었다.

하나 그러한 사정은 누구도 모른다. 자신의 곁을 묵묵하게 지키고 있는 베베토 경을 제외하고는 말이다. 그래서인지 아들과 딸마저도 자신의 시선을 회피한다. 그러한 생각을 하면 입 안이 썼다.

"자격이 문제되어야만 합니까?"

"패트리아스 백작이 아무리 인재가 모자란다고 하지만 주변의 평판이 그리 좋지 않은 나를 받아들일 정도로 다급할 것이라고 생각하나? 그것도 주군을 세 번이나 바꾼 나를?"

"그렇다면 패트리아스 백작 역시 여느 귀족과 다르지 않습니다. 겉만 번지르르한 귀족들을 원한다면 말입니다."

"내가 실속이 있다는 것인가?"

"주군은 제대로 모실 주군을 만나지 못해서입니다. 또한 주군께서 주군을 바꾼 것이 아니라 어쩔 수 없는 상황이었기에, 영지민과 영지의 안녕을 위해 주군을 바꾼 것입니다."

자신을 변호하는 베베토 경을 슬쩍 바라보는 클레인 남작이다. 그렇기는 하다. 하지만 그것을 대체 누가 알아준다는 말인가? 알아줄 이는 아무도 없다. 대부분의 귀족들은 그저 자신이 보고 싶고 듣고 싶은 것만 선별해서 보고 들으니까 말이다.

"백작과… 연결할 방법이 있겠나?"

"하려면 어찌 못하겠습니까?"

"서둘러야 하네."

"걱정하지 마시길."

그것으로 둘의 대화는 끊겼다. 클레인 남작은 자신의 막사로 들어갔고, 베베토 경은 클레인 남작이 막사로 들어가는 것을 지켜본 후 곁에 있는 병사를 시켜 누군가를 불렀다.

"가서 샤린을 불러오게."

"명을 따릅니다."

베베토 경의 명을 받은 병사가 사라지자 베베토 경은 클레인 남작의 막사 옆에 작게 마련된 자신의 막사로 걸음을 옮겼다. 그리고 의자에 앉아 무언가를 써 내려가기 시작했다.

그가 상당한 양의 무언가를 완성해 나갈 즈음 누군가가 막사를 열고 들어섰다. 하나 베베토 경은 그를 쳐다보지도 않고하던 일을 마무리 짓고 있다.

막사를 열고 들어온 사내 역시 아무런 말 없이 야전 책상앞에 서서 그저 바라보고만 있다. 마침내 베베토 경이 하던일을 마쳤는지 종이를 접어 봉인하고 기사단장의 인장을 찍었다.

그리고 그것을 사내에게 건넸다. 말없이 종이를 받아 든 사내.

"패트리아스 백작 각하께 전하게."

"……."

"그리고 반드시 결과를 가져와야 하네."

끄덕.

그저 고개를 끄덕인 사내는 이내 몸을 돌려 베베토 경의 막사를 벗어났다. 그러한 사내를 무심하게 바라보고 있는 베베토 경이다. 그는 야전 탁자 위에 팔꿈치를 얹고 깍지를 끼어 턱을 괴었다.

"주사위는 던져졌다."

베베토 경에게 무언가를 받아 든 사내는 막사를 나오자마자 은밀하게 트리아스 자작 연합군의 진영을 벗어난 후 신속하게 움직였다.

그러한 사내가 움직여 향한 곳은 패트리아스 백작의 영주성이었다. 곧장 가면 은신할 수 있는 곳이 드물기에 시간이 걸리더라도 우회하여 은밀하고 신속하게 움직이고 있는 것이다.

그렇게 약 두 시간을 움직이던 사내는 패트리아스 백작 영주성의 남문에 도착할 수 있었다. 트리아스 자작 연합군의 진영과는 완벽하게 반대되는 방향이다.

사내는 패트리아스 백작의 영주성을 조심스럽게 바라보았다. 지독히도 단단해 보이는 석성이다. 해자의 넓이만 해도 10미터는 족히 되어 보이고 성의 높이는 대략 12~15미터 정도이다.

사내는 모든 것을 한눈에 파악하고 움직이기 시작했다. 신속했지만 무척이나 조심스러운 움직임이다. 성벽 위에 있는 경비병들은 전혀 사내를 감지해 내지 못하고 있었다.

그가 그렇게 움직일 수 있는 것은 마치 카멜레온처럼 주변의 풍광과 완벽하게 일치하고 있기 때문이다. 자세히 보지 않는다면, 아니, 눈에 마나를 담아 보지 않는다면 전혀 알 수 없을 정도의 완벽한 모습이다.

이윽고 사내는 10미터 폭의 해자 앞에 도착하여 마치 수달이 물에 들어가듯 입수하여 완전히 잠수했다. 그러자 이제는 완벽하게 물과 동화해 가는 사내였다. 10미터의 거리를 잠수해서 통과한 사내는 성벽 바로 밑에서 모습을 드러내었다.

성벽의 돌출된 부분과 맞물리는 곳을 찾아 들어가 그늘진 곳을 붙잡고 움직여 나갔다. 전혀 힘들어하지 않는 사내이다. 또한 너무나 자연스러운 모습이라 할 수 있었다.

사내가 15미터의 성벽을 기어올라 눈만 내어 상황을 지켜보았다. 운이 좋았던지 방금 전까지 지키고 있던 경비병이 사라지고 없었다. 사내는 기민하게 움직였다.

그는 거칠 것 없다는 듯이 높게 뜬 태양 때문에 생긴 구조물의 어두운 그림자를 통해 내성 쪽으로 향했고, 내성 벽을 타고 올라 그 누구에게도 들키지 않고 무사히 백작성의 중심인 영주관에 도착할 수 있었다.

영주관에 도착한 이후에도 사내의 움직임은 계속되고 있었다. 하지만 그 누구도 사내를 보지는 못했다. 이상하게 사내가 향하는 곳에는 아무도 없었던 것이다.

또한 사내는 영주성의 지리에 익숙한 듯 보였다. 영주성은 어떠할지 몰라도 영주관은 그 지역이 좁음에 웬만한 움직임은 금세 눈에 뜨일 텐데도, 사내는 전혀 눈에 띄지 않고 움직이고 있었다.

그리고 마침내 사내는 영주관의 집무실 천장에 도착할 수 있었다. 집무실의 천장에서 빛이 스며드는 곳을 약간 넓힌 뒤 내부를 살피는 사내이다. 보통의 사람이라면 절대 그러한 미세한 틈으로 안을 살펴볼 수 없을 것인데 사내는 상당히 능숙하게 안의 상황을 살피고 있었다.

그때 사내의 몸이 움찔 떨었다.

"암살할 것이 아니라면 들어오게."

집무실의 고풍스러운 책상 앞에 앉아 있던 기사가 입을 열었다. 사내의 존재를 이미 알고 있다는 듯이 말이다. 그에 사내는 잠깐 망설임을 보이더니 바로 벽의 한쪽 면을 열고 집무실 안으로 들어갔다.

"호오, 백작 각하께서도 모르는 것을 알고 있다니 대단하군."

흥미롭다는 듯이 사내를 바라보는 기사, 바로 겜블 경이었다. 그리고 겜블 경의 옆에는 베컴 집사장이 서 있다. 겜블 경은 업무를 보는 책상에서 일어나 티 테이블로 가 앉았다.

"앉게."

너무 자연스러운 겜블 경의 태도. 체념한 것인지 아니면 원래 담이 큰 것인지 사내는 티 테이블로 다가와 겜블 경의 맞은편에 앉았다.

"마시게. 베컴 집사장님이 차 끓이는 솜씨는 일품이라네. 뭐 차를 싫어하면 어쩔 수 없고."

겜블 경은 여유로웠다. 물론 약간 놀란 것은 사실이다. 자신의 앞에 복면을 쓰고 있는 사내의 존재를 내성에 들어설 때에야 겨우 느낄 수 있었기 때문이다.

느끼고자 한다면 외성 건너 해자에서부터 느낄 수 있었을 것임에도 불구하고 내성 근처에 와서야 알아챌 수 있다는 것은 그만큼 사내의 은밀함이 대단하다는 것을 의미했다.

"전할 것이 있나?"

끄덕!

겜블 경의 말에 고개를 끄덕인 사내는 품속에서 봉인된 봉투 하나를 꺼내 그의 앞으로 밀었다. 물끄러미 사내가 내민 봉투를 바라보는 겜블 경이다.

"겜블 경께서는 지금 이 성에서 백작 각하의 대리이십니다."

"그런가요."

베컴 집사장의 말에 겜블 경은 이내 편지 봉투의 봉인을 뜯어내고 편지를 읽어 내리기 시작했다. 상당히 두툼하고 여러 장으로 이루어진 장문의 편지였다.

그것을 읽는 데만도 한참의 시간이 흘렀으니 말이다. 그리고 마침내 겜블 경은 그 편지를 내려놓고 베컴 집사장에게 물었다.

"자이브 클레인 남작을 아십니까?"

"어느 정도는 알고 있습니다."

"그는 어떤 자입니까?"

"항간에는 변절자로 불리는 자입니다."

"흐음. 항간의 소문이 아닌 것도 있습니까?"

겜블 경은 직감적으로 베컴 집사장이 클레인 남작에 대해서 아는 것이 더 있을 것이라는 생각이 들었다. 이곳에서 70년을 살아온 집사장이다. 그러한 자가 그저 항간의 소문 하나만을 자신에게 말할 이유가 없기 때문이다.

"제 사견을 묻는 것입니까?"

"그가 백작 각하의 품을 찾아들고자 합니다. 지금 내 앞에 있는 사내를 부릴 정도라면 결코 항간의 소문만 존재하는 사람은 아닐 듯싶어서 말입니다."

"그렇군요."

겜블 경의 생각을 파악한 베컴 집사장은 조용하게 복면의 사내를 바라보았다. 그리고 잠시 후 담담하게 입을 열었다.

"항간의 소문으로 그는 자신이 모시는 주군을 두 번이나 바꾼 자이기에 변절자라 합니다만 제 사견으로 그는 간웅에 가까운 사람입니다."

"간웅이라……. 마스터께 보고해야 할 것 같습니다. 아무래도 제가 판단할 문제는 아닐 듯싶습니다."

"통신구를 가져오겠습니다."

그 말과 함께 자리를 비운 베컴 집사장이다. 그동안 복면 사내는 여전히 말을 하지 않고 있었다. 그는 지금의 상황에 대해서 여전히 긴장하고 있었다. 그 예로 허리를 꼿꼿하게 세운 채, 언제라도 자리를 박차고 나가 자신의 앞에 있는 기사를 죽일 수 있도록 무기 바로 옆에 손을 감추고 있었다.

"그렇게 긴장하지 않아도 되네."

등을 소파에 기대며 손바닥을 하늘로 향해 보이는 겜블 경이다. 공격할 의사가 전혀 없음을 드러낸 것이다. 그러함에도 불구하고 여전히 경계하고 있는 사내였다.

그때 베컴 집사장이 통신구를 가지고 들어와 티 테이블 중앙에 내려놓았다. 그에 소파에 등을 기댔던 겜블 경이 느긋한 자세를 풀고 몸을 앞으로 숙여 통신구에 손을 대었다.

티 테이블 위에 놓인 통신구에 미약한 마나가 흘러들어 갔다. 그러자 통신구에 옅은 녹색의 빛이 쏘아지며 하나의 영상이 허공에 맺히기 시작했다. 그리고 영상이 완전히 사람의 형상을 갖추자 겜블 경의 입이 열렸다.

"오랜만에 뵙습니다, 패트리아스 백작 각하."

"오랜만입니다, 겜블 경."

간단한 인사가 오고 갔다.

"못 보던 자가 있군요."

"아! 트리아스 자작 연합군 측에 있는 자이브 클레인 남작이 보낸 자입니다."

"이유는요?"

"주군을 바꾸고자 한다 합니다."

겜블 경의 말에 잠시 고개를 끄덕이는 제논이다. 그때 그의 옆에 있던 와르셀 남작이 다가와 귀에 대고 무어라 속삭였다. 그에 제논의 표정이 미미하게 변했다.

"만나봐야 할 자인가 보군요."

"그러길 원합니다."

"오늘 늦은 밤에 직접 간다고 전해주십시오."

"알겠습니다."

제논의 그러한 말에 베컴 집사장이 무언가 말하려 했으나 겜블 경은 그것을 보지 못한 것인지 통신을 종료하고 있다. 통신이 종료되고 겜블 경이 복면 사내를 바라보며 말했다.

"들었을 것이네."

끄덕.

"그리 전하게."

겜블 경의 말에 복면 사내는 자리에서 일어나 살짝 고개를 숙인 후 자신이 들어왔던 곳으로 다시 사라졌다. 그 모습을 바라보던 베컴 집사장은 불안한 목소리로 겜블 경에게 물었다.

"어쩌자고 그리 하셨습니까? 함정이라면……."

베컴 집사장의 말에 까칠하게 돋아난 턱수염을 쓸던 겜블 경이 살짝 웃음을 보였다.

"베컴 집사장께서는 백작 각하의 무력을 어떻게 보십니까?"

"그야……."

말을 할 수 없었다. 본 적이 없으니 말이다. 그저 뛰어나지 않을까 짐작만 할 뿐이다. 제논 주변의 인물들이 절대 약하거나 호락호락한 이가 아니라는 것을 느끼고 있기 때문이다.

"아! 그보다 저의 무력은 어느 정도라 생각하십니까?"

"그… 최… 상급쯤?"

베컴 집사장은 그렇게 말했다. 정확한 실력은 모른다. 다만 진중한 움직임과 여유로운 행동, 그리고 순식간에 기사들과 병사들을 휘어잡는 카리스마까지 보자면 충분히 그 드물다는 최상급의 기사로 예상할 수 있었다.

그에 겜블 경은 살짝 웃음을 띠었다.

"저는 마스터입니다."

"네?"

베컴 집사장은 화들짝 놀라며 반문했다.

"이 코린 왕국의 두 번째 마스터라고 했습니다."

"허어~"

베컴 집사장은 헛바람을 내었다. 왕국의 마스터는 헤밀턴 공작이 유일했다. 물론 공작 가문의 대공자 역시 마스터에 올랐다는 말이 있기는 하지만 증명된 바가 없으니 알 수 없었다.

코린 왕국은 헤밀턴 공작 전후로 약 100년간 마스터가 없었다. 그것은 코린 왕국이 이리도 급격하게 무너져 내린 연유 중 하나라고까지 할 수 있었다.

그런데 마스터라니 도무지 믿을 수 없는 노릇이다. 하나 믿지 않을 수도 없었다. 며칠 같이 지내지는 않았으나 결코 허언을 하지 않을 기사 중의 기사로 보였기 때문이다.

"그리고 제가 어떻게 마스터에 올랐는지 아십니까?"

"그야……."

"바로 패트리아스 백작 각하. 사적으로는 제 마스터의 가르침으로 마스터에 오를 수 있었습니다. 마스터가 없었더라면 전 여전히 익스퍼트 중급의 기사였을 것입니다."

꿀꺽!

기어코 마른침을 삼키고야 말았다. 이건 천하의 바보라 하더라도 바로 알아들을 수 있는 말이다. 그리고 그제야 베컴 집사장은 처음 이곳에 올 때 겜블 경이 패트리아스 백작을 마스터로 부르는 이유를 알게 되었다.

하지만 겜블 경의 말은 거기에서 끝나지 않았다.

"마스터를 처음 만난 곳은 그레이든 산맥이었소. 내 독단으로 마스터를 길잡이로 고용한 것이오. 그때 당시 마스터는 그레이든 산맥 인근에서 꽤나 이름난 용병이었소."

패트리아스 백작의 과거가 겜블 경으로부터 흘러나왔다. 그에 베컴 집사장은 호기심 어린 눈동자로 조용히 겜블 경의 말을 경청했다.

"그리고 마스터를 길잡이로 하여 우리가 목적한 던전을 발견할 수 있었소. 하지만 그 던전은, 만약 마스터 없었더라면 우리는 모두 시체가 되어 지금쯤 그저 해골만 남았거나 언데드가 되었을 것이오."

"언데드 말입니까?"

언데드라는 말에 베컴 집사장이 화들짝 놀랐다. 과거 대륙에 성국이 있을 때나 흑마법사가 판을 치던 시대라면 모를까, 언데드라니. 마치 전설을 노래하는 음유시인의 말을 듣는 것 같았다.

그러한 베컴 집사장의 모습에 당연한 반응이라는 듯이 담담하게 웃으며 말을 계속해 나갔다.

"그곳은 리치의 던전이었소. 알 것이오. 리치라면 최소 7서클의 반열에 오른 대마도사라는 것을 말이오. 살아남은 40여 명의 기사와 병사가 리치가 불러낸 언데드를 상대할 때 마스터는 홀로 리치를 상대하셨소."

베컴 집사장은 그저 놀랄 뿐이었다. 그러한 베컴 집사장을 흘깃 바라본 겜블 경은 아주 당연하다는 듯한 목소리로 자신의 말을 마무리 지었다.

"만약 그들이 마스터를 노린다면 마스터를 걱정하는 것이 아니라 마스터를 노리는 그들의 명복을 빌어주어야 할 것이오. 마스터는 그러한 분이오."

"…그렇군요."

겜블 경의 말이 끝나고도 한참 동안이나 그저 멍하니 굳은 것처럼 한자리에 서서 미동조차 하지 않는 베컴 집사장이다. 비록 직접 보지는 않았으나 자신의 눈앞에서, 그것도 마스터의 경지에 오른 이가 허언을 할 리는 없었다.

하지만 너무나도 비현실적인 말에 조금은 믿음이 가지 않는 것도 사실이다. 베컴 집사장은 겜블 경의 눈동자를 바라보았다. 굳은 신념이 담겨 있는 겜블 경의 눈동자이다.

"후우~ 믿지 않을 수가 없군요."

"믿으시오. 그러면 되는 것이오."

"믿어야지 어찌하겠습니까? 믿지 않았다면 자식 놈을 백작 각하께 맡기지 않았을 것입니다."

베컴 집사장은 그 말을 마지막으로 집무실을 벗어났다. 집무실을 벗어나는 베컴 집사장은 근래에 보기 드물게 환한 얼굴이었고, 70의 노구에도 불구하고 발걸음마저 가벼워져 있었다.

*   *   *

"오늘 늦은 밤 직접 온다 하였습니다."

"그가 말인가?"

"그렇습니다."

"허어!"

베베토 경의 말에 클레인 남작은 헛바람을 내뱉었다. 지금의 상황을 어떻게 해석해야 할지 모를 지경이다. 설마 직접 그가 오리라고는 생각지도 못했기 때문이다.

"과감하다고 해야 하는 것인가, 아니면 무식하다고 해야 하는 것인가?"

실제 클레인 남작의 심정이다. 겨우 남작이다. 그런데 직접 온다고 한다. 그것도 본인이 직접. 자신은 벌써 주군을 두 번이나 바꾼 이력이 있지 않은가?

곤혹스러운 얼굴을 하고 있는 클레인 남작을 조용히 지켜보던 베베토 단장이 입을 열었다.

"아마도 자신감이 아닐까 합니다."

"자신감?"

"그에 대해 정보를 수집해 보았습니다."

"듣겠네."

정보를 수집했다는 베베토 단장의 말에 이야기가 결코 간단하지 않을 것을 직감하고 호기심 어린 얼굴로 최대한 편하게 의자에 등을 대었다.

"그의 흔적은 아이작스 백작 영지에서부터 시작됩니다. 물론 그 이전에는 제국의 그레이든 산맥 인근 지역에서 꽤 유명한 용병이었다고 하지만 본격적으로 활동을 시작한 것은 바로 그때부터입니다."

클레인 남작은 팔짱을 끼고 아주 작게 고개를 끄덕이며 베베토 단장의 말을 경청하였다. 지금으로써는 베베토 단장의 정보가 패트리아스 백작을 판단할 수 있는 아주 중요한 정보이기 때문이다.

"지금의 아이작스 백작 가문을 있게 한 실질적인 인물이 바로 패트리아스 백작이라고 합니다. 그는……."

그렇게 아이작스 백작 가문에서 행한 패트리아스 백작의 행적을 상당히 자세하게 설명하는 베베토 단장이었다. 정보 길드를 제외하고는 잘 알려지지 않은 그런 내용이었고, 정보 길드조차도 깊숙한 내막은 잘 모르는 상황이다.

사실 베베토 단장이 패트리아스 백작에 대해서 아는 것은 정보 길드에서 제공한 정보가 다였다. 하나 베베토 단장은 특유의 사실관계에 대한 냉철할 정도의 명확한 판단으로 정보의 행간에 감추어진 사실을 읽어내고 있었다.

그가 그렇게 생각하게 된 연유는 패트리아스 백작을 아이작스 백작 가문의 중심에 놓으면 모든 것이 설명 가능하기 때문이다. 그 결정적인 단초를 제공한 것은 바로 패트리아스 백작의 무력이었다.

"다른 이들은 어떠할지 모르나 만약 왕궁에서 일어난 결투가 진실이라면 패트리아스 백작의 무력은 적어도 마스터 그 이상입니다. 헌데 사람들은 그것을 믿지 않고 있습니다."

"왜?"

왜냐고 묻는 클레인 남작이다. 그들은 패트리아스 백작의 결투를 직접 보았을진대 그것을 애써 부정하다니 있을 수 없는 일이지 않는가?

"아시겠지만 보고 싶은 것만 보고 믿고 싶은 것만 믿는 것이 귀족입니다. 귀족들은 애써 패트리아스 백작이라는 존재를 부정하고 있는 것이고, 어디 한번 두고 보자는 식입니다."

"그러니 별거 아니다 하면서 그를 애써 폄하한다는 것인 가?"

귀족들은 그러했다. 사실 결투가 끝난 뒤 바우처 백작 가문에서는 결투에 나선 기사들을 형편없는 자질을 가진 평민 기사들로 평소 행실이 좋지 않고 대결 당일에도 술을 마셨다고 발표하며 기사로서의 자질이 없으니 파면한다고 공고했다.

귀족들은,

'그러면 그렇지', '어찌 기사 가문인 바우처 백작 가문에서 그런 형편없는 기사들이 나왔을꼬?', '그들을 두 번 다시 기사로서 등용하지 못하도록 못을 박아야 합니다' 등 갑론을 박을 해댔다.

그리고 패트리아스 백작에 대해서는 한마디도 하지 않았다. 기사들을 깎아내림으로써 패트리아스 백작을 깎아내리는 간접적인 방법을 사용한 것이다.

그 연유는 패트리아스 백작을 경계하고 질시하고 있기 때문이었다. 그러하기에 그의 본모습을 있는 그대로 평가하는 것이 아닌, 폄하하여 자신들에게 형편없이 깨져 나가는 패트리아스 백작을 상상하고 있는 것이다.

"멍청한 놈들."

클레인 남작의 입에서 기어코 욕지기가 흘러나왔다. 멍청하기 그지없었다. 상대가 되든 안 되든 상대를 정확하게 파악하는 것이 가장 우선이다. 한데 상대를 얕본다 해서 무엇이 달라진다는 말인가?

오우거는 고블린을 잡을 때에도 최선을 다한다. 한데 승냥이도 못 되는 것들이 어찌 저리도 멍청하게 행동하는지 모를 일이었다. 그러다 문득 클레인 남작은 자신의 머리를 톡톡 두드렸다.

"나 또한 그 범주에서 벗어날 수 없겠군."

"……."

베베토 경은 말이 없었다. 말이 없다는 것은 부정하지 않는다는 것이고 사실이라는 말이다. 이럴 때는 조금 얄밉기도 하지만 어쨌든 자신을 가장 잘 보좌하는 베베토 경이 없었다면 이렇게 살아남을 수 없다는 것을 알기에 무심하게 지나가는 클레인 남작이다.

"단장의 말대로라면 그는 이 코린 왕국에서 가장 강력한 사람이 되겠군."

"그렇습니다."

"확신하나?"

"예측입니다."

"……."

예측이라는 말에 베베토 단장을 빤히 바라보던 클레인 남작은 피식 웃어버렸다. 한 번이라도 그놈의 예측이 벗어난 적이 없다. 그는 항상 예측이라 말했고, 예측은 아주 정확하게 현실로 드러났다.

"그가 날 받아줄까?"

"거기에서부터는 주군의 역량입니다."

"나의 역량이라……."

"그에게 필요한 존재라면, 그가 주군을 품을 그릇이라면 가능합니다."

"……."

그래서 자신의 역량이다. 자신은 주군을 두 번이나 바꿨고, 지금은 적으로 만난 트리아스 자작 가문의 가신으로 있다. 그가 자신을 어찌 판단할 것인가?

물론 자신은 있었다. 그렇게 대담하고 대단한 자이면서 직접 자신을 만나러 온다는 것은 필요한 어떠한 것이 존재하기 때문이니까.

"나머지 절반을 어떻게 채우느냐가 중요하군."

"……."

역시 말이 없다. 그러는 동안 어느새 날은 저물어 달이 뜨고 별이 떠올랐다. 하지만 트리아스 자작 연합군의 진영은 여전히 시끄러웠다. 아직도 내일 출전을 위한 준비가 끝나지 않은 것이다.

참으로 오랫동안 그들은 대화를 한 것이다. 한 장소에서 한 발자국도 벗어나지 않고 말이다. 하지만 결론이 난 것은 아무 것도 없었다. 당사자가 오지 않는다면 아무런 결론을 지을 수 없기 때문이다.

그때 클레인 남작의 기거하는 막사 출입구가 열리며 낮은 목소리가 들려왔다.

"그 나머지 절반을 어떻게 채울 것인가?"

클레인 남작과 베베토 단장은 너무나 놀라 그 자리에 그대로 얼어붙어 미동조차 할 수 없었다. 막사 주변에는 병사들이 즐비하다. 그리고 연합군 진영은 아직도 시끄럽게 준비하고 있다.

"누, 누구냐?"

아주 잠깐 멈칫했던 베베토 단장이 먼저 정신을 차리며 검을 빼어 들어 겨누며 나직하게 물었다.

"패트리아스 백작."

"……."

"……!!"

베베토 단장과 클레인 남작의 눈이 동그랗게 커졌다. 실로 믿을 수 없었다. 적진 한가운데에 걸어 들어온 것이다. 패트리아스 백작만 있다면 모를 일이나 그 뒤를 따라 들어오는 다섯 명의 인물까지.

"그들을 탓할 필요는 없네."

제논은 아주 당연하다는 듯이 클레인 남작의 맞은편 의자를 빼 앉으며 말했다. 그가 말한 그들이란 바로 막사를 경계하고 있는 병사들을 가리킴을 바로 알 수 있었다.

"역시… 저의 분석이 완전히 빗나간 것은 아니로군요, 패트리아스 백작 각하."

"훌륭했네."

제논의 말에 두 사람은 아무런 말도 할 수 없었다. 이미 자신들의 대화를 모두 들었다는 것을 의미하기 때문이다. 그런데도 자신들은 물론 병사들까지 아무것도 모르고 있었다.

"묻겠네. 나머지 절반은 어찌 채울 것인가?"

클레인 남작을 바라보며 제논이 다시 물었다. 그에 아무런 말도 하지 않고 그저 제논을 바라보기만 하던 클레인 남작이 조용히 입을 열었다.

"내부의 분열이면 되겠는지요."

"그 정도로는 가치가 너무 약하군."

가치가 약하다고 하는데도 여전히 침착한 클레인 남작이다. 참으로 다른 모습이다. 이전에는 모든 것을 베베토 단장에게 의지하던 그다.

한데 지금은 또 아니었다. 그렇게 침착할 수 없었다. 이미 어느 정도 이런 상황을 예측이라도 했다는 듯이 말이다. 오히려 얼굴이 딱딱하게 굳어지며 긴장하는 것은 베베토 단장이었다.

"하지만 백작 각하의 목표는 겨우 트리아스 자작이 이끄는 연합군이 아님을 알고 있습니다. 또한 저는 두 명의 주군을 섬기기도 했습니다."

"그것은 그대를 평가함에 있어 마이너스 요소일 터인데?"

"그렇습니다."

"헌데 왜 그것을 나에게 강조하는 것이지?"

제논은 무표정하게 물었다. 목소리조차 무감정해서 도대체 무슨 생각을 하고 있는지 전혀 알 수 없는 그런 모습이다. 그러한 제논의 모습을 여느 귀족이라면 조금 불안해하기도 할진대 클레인 남작은 상당히 침착했다.

"저는 살아남았기 때문입니다. 강한 자가 살아남는 것이 아니라 살아남는 자가 강한 것입니다. 물론 말하기 좋아하고 헐뜯기 좋아하는 귀족들은 저를 변절자라고 하지만 그러한 이들 중 살아남은 자는 없습니다."

"비겁한 것 아닌가? 또한 두 번을 배신했으니 나 역시 배신할 수 있고 말이지. 배신이란 폭력과 같이 중독성이 있다 하더군."

"정녕 제가 배신을 했다고 생각하십니까?"

"……."

클레인 남작은 제논을 똑바로 쳐다보며 되물었다. 하지만 제논은 대답하지 않았다. 이미 와르셀 남작에게 그에 대한 사항을 들었기 때문이다. 그는 배신하지 않았다. 아직도 한 명의 주군을 섬기고 있다.

왜냐하면 그의 두 아들 중 첫째 아들은 자신이 처음 섬긴 주군의 아들이었으며, 그의 옆에 책사의 역할을 하고 있는 베베토 단장은 첫 번째 주군의 기사였으니까.

그리고 그가 어머니라 부르는 대부인은 첫 번째 주군의 부인이었다. 과거 15년 전 멸문한 제프 플레이크 후작 가문의 안주인 말이다. 그때 플레이크 후작 가문의 말단 가신이었던 클레인 남작의 기지가 아니었다면 플레이크 후작 가문은 이미 멸문했을 것이다.

하지만 지금까지 명맥을 유지하고 있다. 많은 수가 줄었지만 기사단 역시 존재했고, 플레이크 후작 가문의 안주인이 존재했고, 플레이크 후작 가문의 후계자가 존재했다.

그는 플레이크 후작 가문을 살리기 위해 변절자가 되었고, 타 귀족들의 손가락질을 받으며 살아왔다. 그가 상처하고 오로지 아들과 딸을 위해, 그리고 그의 어머니를 위해 산다는 것은 플레이크 후작 가문을 보존하기 위해서였다.

실로 믿을 수 없는 충절이라 할 것이다. 그 사실을 안다면 코린 왕국은 물론이고 이 대륙 전체 모든 귀족들은 그의 발치

아래에서 그의 의연함과 충절 앞에 무릎을 꿇어야만 할 것이다.

"무엇을 원하는가?"

"……."

제논의 물음에 침묵하는 클레인 남작이다. 그의 시선은 여전히 제논을 향해 있었다.

'나의 과거에 대해… 알고 있다는 것인가?'

누구도 알지 못하는 사실이다. 정보 길드라 해도 알지 못한 사실이다. 그런데 제논의 물음은 자신에 대해 알고 있는 것처럼 보인다. 아니, 알고 있는 것이다.

"저에 대해 아십니까?"

"나는 다만 신의를 위해 자신의 모든 것을 내던진 진정한 귀족을 보고 있네."

"……."

제논의 말에 클레인 남작의 눈가가 가늘게 떨렸다. 그것은 클레인 남작 옆에서 아무런 말 없이 그저 묵묵히 그를 지키고 서 있는 베베토 경 역시 다르지 않았다.

한 사람의 인생이다. 당연하다고 생각할 수 있겠으나 대체 어느 누가 자신의 인생을 모두 포기하면서 클레인 남작과 같은 행동을 할 수 있을까? 그것을 너무나도 잘 아는 베베토 경이었다.

지난 15년간 그 모든 것을 감수하면서 살아온 클레인 남작이다. 누구도 그를 인정하는 이가 없었다. 다시 복권하는 것이 요원하다는 것을 알고, 플레이크 후작 부인이나 후계자, 그리고 자신조차 이제 스스로의 삶을 살라고 수없이 말하기도 했다.

하지만 또 다른 마음 한구석에는 그가 돌아서지 않기를 바랐다. 자신들을 지켜주기를 바랐다. 지극히 이기적인 생각임을 알고 있음에도 불구하고 여전히 희망을 놓고 싶지 않았다.

그런데 그것을 알아주는 사람이 자신들의 눈앞에 나타났다. 누구도 볼 수 없는 그런 단단한 곳에 꼭꼭 숨겨두었건만 그 지독한 자물쇠를 풀고 과거를 인정해 주는 사람이 드디어 나타난 것이다.

"플레이크 후작 가문의 복권입니다."

마침내 클레인 남작의 입이 열렸다. 조개처럼 딱 다물렸던 그의 입이 열림에 들려온 소리는 역시 플레이크 후작 가문의 복권이었다. 그럴 수밖에 없을 것이다.

15년간 모든 것을 바쳐온 클레인 남작이다. 그가 대체 무엇을 바랄 수 있을까? 오로지 한곳만 보고 모든 것을 감수하며 살아온 그가 할 수 있는 것이 대체 무엇일까?

역시 플레이크 후작 가문의 복권 이외에는 아무것도 없었다. 베베토 단장은 가슴을 쓸어내리면서도 먹먹해지는 가슴에 무어라 할 말이 없었다. 제논이 다시 입을 열었다.

"이제 그 멍에를 벗어도 될 것이네."

"무슨 말씀입니까?"

"남작은 남작의 삶이란 것이 있는가?"

"이것이 제 삶입니다."

역시나 똑같은 말이다.

"복권되면 어찌할 것인가?"

"그것은……."

이번에는 머뭇거리는 클레인 남작이다. 복권되면 무엇을 할까? 한 번도 생각해 본 적이 없는 문제이다. 클레인 남작은 인상을 찡그리며 고민에 들어갔다. 그러한 클레인 남작을 바라보다 베베토 단장을 바라보는 제논이다.

'이제는 놓아줘도 되지 않겠는가? 복권이라는 것, 시켜 줄 터이니.'

베베토 단장의 뇌리에 전해지는 제논의 목소리이다.

'생각만 하면 되네.'

'…이렇게 말입니까?'

'그래.'

제논을 바라보는 베베토 단장의 눈동자가 심하게 떨렸다. 이제 그만 놓아주라는 말 때문이다. 놓아주고 싶었다. 그런데 어찌 놓아주지 못할까?

'진정 그가 아니면 가문을 복권시킬 수 없는가? 지금 당장에라도 가문을 복권시켜 줄 수 있네. 알겠지만 현 코린 왕국의 국왕은 세를 모으기 위해 혈안이 되어 있으니 말이네.'

'……'

여전히 말이 없는 베베토 단장이다. 대체 무슨 말을 해야할지 몰라서이다. 평소 냉철하고 빠르게 회전하던 명석한 두뇌는 지금 이 순간 딱딱하게 굳어버린 듯했다.

Chapter 06

"솔직히 생각해 본 적 없습니다."

이것이 가장 솔직한 말일 것이다. 제논은 그렇게 느꼈다. 클레인 남작은 오로지 하나만 생각하고 지금까지 살아왔다. 그런데 과연 무엇을 생각했을 것인가?

"그것을 말해보게."

"……."

제논은 그렇게 말하고 입을 다물었다. 클레인 남작은 그러한 제논을 쏘아보았다. 말도 안 된다고 생각했다. 앞으로 며칠이 걸릴지, 몇 년이 걸릴지 모를 일이다.

그런데 그것을 당장 말하라는 것이 이상했고, 한 번도 생각해 본 적 없는 것을 생각하려 하니 머리가 텅 빈 듯 아무것도 떠오르지 않았다.

"알고 있겠지? 본작의 가문은 30년 만에 다시 복권되었다는 것을 말이네. 작위 계승자인 본작이 살아 있음으로써 말이지. 플레이크 후작 가문 역시 다르지 않다고 보네."

"……"

가능하다는 말이다. 아니, 부단히 노력한다면 언제고 가능한 일이다. 그것은 확신했다. 클레인 남작 자신이 살아오면서 어려움은 있었을지언정 할 수 없는 것은 없었으니까.

"무엇으로 증명하시겠습니까?"

"그전에 본작이 남작을 얻음으로써 얻을 수 있는 것이 무엇인가부터가 정해져야 하지 않겠는가?"

그러했다. 자신이 먼저 꺼낸 말이다. 지금의 패트리아스 백작으로서는 아쉬울 것이 하나도 없었다. 속내를 안다 해도 달라질 것은 없었다. 충정을 높이 사고 모든 것을 감내했다는 점은 어떠할지 모르나 그것뿐 더 이상의 효용이 없는 것이다.

"플레이크 후작 가문의 남은 전력 모두를 드리겠습니다."

그때 클레인 남작 옆에서 얼굴을 딱딱하게 굳히고 서 있던 베베토 경이 무겁게 입을 열었다.

"베베토 단장!"

그에 클레인 남작은 화들짝 놀라 자신도 모르게 크게 소리를 내며 의자를 박차고 일어났다. 하나 이내 베베토 단장의 제지로 다시 주저앉아야만 했다.

"도대체 무슨 말을 하는 것인가? 가문의 모든 전력이라니!"

여전히 놀람이 가시지 않은 목소리로 베베토 단장을 바라보며 악을 쓰듯 말하는 클레인 남작이다. 그런 클레인 남작을 바라보며 씁쓸한 듯 고소를 베어 문 베베토 단장이다.

그리고는 이내 클레인 남작 앞에 무릎을 꿇고 앉아 클레인 남작을 바라보았다. 베베토 단장의 체구가 워낙 큰 때문일까, 아니면 클레인 남작이 왜소한 때문일까, 두 사람의 시선이 수평으로 마주 보게 되었다. 클레인 남작은 여전히 눈에 힘을 주며 베베토 단장을 쏘아보고 있다. 굳게 다문 입술과 꽉 깨문 어금니에 저도 모르게 힘이 단단히 들어가 있다.

"자네도 결혼을 하고 자식도 낳고 일가를 이루어야 하지 않겠나?"

"무슨……."

"자이브 이 친구야."

자이브라는 이름이 베베토 단장의 입에서 흘러나오자 자신도 모르게 흠칫 몸을 떠는 클레인 남작이다. 무척이나 아주 오랫동안 잊고 살아온 친구가 부르는 이름이다.

"나는 항상 자네에게 미안했네. 얼굴을 들 수조차 없을 정도로 말이지. 가문만 일으켜 세우면, 복권만 되면 모든 것을 다 해줄 듯 말도 하고 말이야. 하지만 말이네, 나는 차치하고라도 과연 플레이크 후작 부인과 플레이크 대공자는 그리 생각할까 하는 점이네."

"무슨……."

말도 안 되는 소리를 하느냐는 표정이다. 충분히 이해가 갔다. 자신의 오랜 친구는 심지가 올곧으나 너무나 세상을 몰랐다. 아니, 너무나 귀족을 몰랐다.

"자네를 의심하는 것이 아니네. 후작 가문이 복권되면 자네는 어떻게 될까 생각해 본 적 있느냐는 것이네."

"그야……."

당연히 자신의 자리로 돌아가겠다고 말하려 했으나 그동안 겪은 귀족들의 행태로 보아 절대 그렇게 되지 않을 것임이 불현듯 떠오른 것이다.

순간 클레인 남작의 눈동자가 흔들렸다. 지금껏 한 번도 흔들린 적 없는 그의 짙푸른 청록색의 눈동자가 거칠게 흔들렸다. 그는 한동안 아무 말 없더니 이내 자신의 머리를 부여잡았다.

"나는… 나는… 무엇을 위해 살았던가?"

그런 모습에 베베토 단장은 목이 잠긴 목소리로 입을 열었다.

"물론 그렇게 되지 않을 수도 있을 것이네. 아니, 그렇게 되지 않을 것이네. 자네 때문에 목숨을 건사하고 가문을 살렸으니 말이네."

"허나 멀리하겠지."

"……."

괴로워하는 클레인 남작의 목소리다. 그는 지금 생각을 정리할 필요가 있었다. 그에 베베토 단장은 꿇었던 무릎을 펴고 제논을 바라보았다.

"복권이 될 때까지, 그리고 후작 가문이 안정될 때까지 모든 전력을 투사하겠습니다."

"전력을 듣고 싶네만."

"기사 500에 마법사 30명입니다. 또한 정예 병력 5천입니다."

"상당한 전력이군. 고생했겠어."

"15년간의 결실입니다."

베베토 단장의 말에 고개를 작게 끄덕이는 제논이다. 그리고 아직도 멍한 표정으로 풀어진 자세를 보이고 있는 클레인 남작을 바라보았다.

"대응은 필요 없네. 지켜보게. 패트리아스 백작 가문의 진정한 힘을."

"…그래도 되겠습니까?"

"경이 한 분석, 결코 틀리지 않았네. 또한 지금 본작의 영주성을 지키고 있는 자는, 아이작스 백작 가문의 기사단장으로 있는 미하일로프 겜블 경이네. 그는 2년 전 마스터에 오른 자이고, 그가 인솔해 온 기사들은 모두 익스퍼트 중급 이상이지. 그런 기사가 백 명이네."

제논의 말에 흠칫 몸을 떠는 베베토 단장이다. 아무것도 아니라는 듯 말하는 제논의 표정에서, 그는 그것보다 더한 것이 트리아스 자작이 이끄는 연합군을 기다리고 있다는 것을 느꼈다.

"패배란 있을 수 없을 것이네. 어떠한 방법을 이용해서라도 절대 움직이지 말게. 움직이는 그 순간 경은 지옥을 맛볼 것이네."

결코 허언이 아님을 느낄 수 있었다.

"명을 따르겠습니다."

"이번에 승리한다면 자작부터 시작할 것이네. 플레이크 자작."

"믿겠습니다."

"믿는 것이 아니라 한시적인 거래일 뿐, 그 이상도 그 이하도 아님을 명심하기 바라네."

제논의 목소리는 차가웠다. 아니, 베베토 단장은 그렇게 느껐다. 그 차가움의 원인이 바로 옆에 있는 클레인 남작 때문이라는 것도 알 수 있었다. 베베토 단장의 시선이 저절로 클레인 남작을 향했다.

허망한 표정. 한순간에 10년은 더 늙어 보이는 한창때의 친구의 얼굴이다. 가슴이 저려왔다. 모든 것을 잃어버린 듯한 그 표정이 더욱더 가슴을 아프게 하였다.

제논은 그 둘을 바라보다 발걸음을 돌려세웠다. 그리고 나직하게 말했다.

"그의 인생을 찾아주는 것이 진정한 친구라 생각되네. 귀족이나 가문을, 혹은 기사를 떠나서 말이지."

그렇게 말하고 제논은 막사를 열고 사라졌다. 베베토 단장은 그저 멍하게 막사 입구를 바라보았다. 그러다 아직도 그저 축 처져 있는 자신의 친구를 바라보았다.

'나는 진정 자이브의 친구인가? 그를 이용한 것은 아니었나? 그렇군. 나는 그가… 만만했던 것이로군. 그저 허울 좋은 친구라는 이름으로 그를 이용만 하고 버릴 그런 존재였던 거로군.'

베베토 단장은 비로소 자신의 심중을 제대로 바라볼 수 있었다. 애초에 잘못된 것이었다. 한 사람의 인생을 가지고 자신은 장난을 친 것이다. 조금 과하게 말한다면 말이다.

어차피 종착지에 도착하면 어떻게 될지 자신은 미리 알고 있었다. 아마 자신의 이 미련한 친구도 그것을 알고 있었을 것이다. 하나 그는 자신을 친구라 여겨 자신의 모든 것을 버렸다.

"내가 좀 미련하지?"

그때 베베토 단장의 귓등으로 힘이 잔뜩 빠진 클레인 남작의 목소리가 들렸다. 베베토 단장의 시선이 클레인 남작에게로 향했다. 그는 눈물을 흘리고 있었다. 눈물과 콧물이 범벅되어 있었다.

"나는 귀족이지만 그때도 지금과 다르지 않게 타 귀족들과 어울리지 못했지. 심정은 어떠할지 모르나 그중 유일하게 나를 귀족으로 대해주고 진심처럼 대해준 것이 바로 너였다."

클레인 남작의 말에 베베토 단장은 식은땀을 흘렸다. 클레인 남작은 알고 있었던 것이다. 자신의 속내를 정확하게 짚고 있었다. 그는 그때 정말 찌질한 귀족이었다. 아무도 상대해주지 않는 그런 귀족 말이다.

"그래서 네가 그 계획을 나에게 말했을 때 아무런 조건 없이 그것에 동의했다. 왜냐고? 내가 필요한 것이니까. 내가 절실하게 필요한 것이니까. 알고 있으면서도 할 수밖에 없었다."

그랬다. 그때의 자신을 벗어나기 위한 몸부림이었다. 그것을 교묘하게 이용한 것은 자신과 플레이크 후작 가문의 안주인, 플레이크 후작 가문의 후계자인 조나단 플레이크였다.

"알고… 있었나?"

"차라리 몰랐다면 더 편했을지도 모른다. 그동안 잊고 살아왔다. 내가 그랬다는 것을 말이다. 난 그런 귀족이었다는 것을 말이다. 그런데 오늘에서야 그것을 깨달은 거지. 참으로 바보 같지 않나?"

"너는… 바보가 아니다."

"……."

베베토 단장의 말에 클레인 남작은 흘러내리는 눈물과 콧물을 닦을 생각도 하지 않고 웃는 것인지 우는 것인지 모를 입 모양을 하며 베베토 단장을 바라보았다.

찡그리고 있는데 억지로라도 웃으려 하는 모습이 역력하게 보인다. 그 모습에 베베토 단장은 심장이 덜컥 내려앉고 전신의 힘이 쭈욱 빠져나가는 느낌이다.

"그리고 너는… 내가 아는 한 가장 훌륭하고 믿을 만한 친구였다. 그때는 일종의 동정이었을지 모르나 지금은 나조차도 너를 담지 못할 정도로 대단한 그릇임이 분명하다."

"정말 그렇게 생각하나?"

클레인 남작의 물음에 베베토 단장 역시 억지로 웃음을 지어 보였다. 거짓말이 아니었다. 그때는 거짓된 자신이었을지 모르나 지금은 거짓이 아닌 진실이다. 그런데 자꾸 얼굴이 찡

그려지고 있다.

그래서 억지로 웃었다. 그래야 이 미련한 친구가 자신감을 가질 것이니까. 베베토 단장은 허물어지듯 무릎을 꿇었다. 그리고 고개를 숙이고 굵은 눈물을 흘렸다.

그때 그의 어깨로 따뜻한 누군가의 손이 다가왔다. 손의 주인은 보지 않아도 알 수 있었다. 그 미련하고 순수하기 그지없는 자신의 거짓된 마음을 정화시킨 그런 친구의 손이다.

베베토 단장은 어깨에 놓인 친구의 손을 잡았다. 그리고 클레인 남작을 바라보았다. 클레인 남작이 우는 듯 웃는 듯한 모습을 하고 어눌한 말투로 말한다.

"고마웠다. 나는 일생에 한 명의 친구를 두었다. 그래서 고맙다. 각자의 길을 간다 해도 여전히 우리는 친구다."

이미 클레인 남작은 알고 있었다. 베베토 단장이 패트리아스 백작을 거론할 때부터 말이다. 그것은 무섭도록 냉철한 클레인 남작의 이성에서 나온 결론이었으니까.

그리고 이제는 하나가 아닌 둘이 된다는 것도 알고 있다. 이미 복권하기 위해서 준비한 모든 것을 걸고 패트리아스 백작의 품으로 뛰어들 때부터 정해진 것이다.

"너는 너대로, 나는 나대로 패트리아스 백작의 그늘에서 살아남아야 하겠지. 그것이 우리가 살아가는 방법일 것이다."

그렇게 말하면서 클레인 남작은 의자에서 일어났다. 막사를 벗어나기 위해서였다. 후작 가문의 모든 것을 걸었다는 것은 클레인 남작에게 남은 것은 아무것도 없음을 의미하기 때문이다.

그는 끝까지 자신의 고집을 꺾지 않고 있었다. 모든 것을 주고 홀로 가고자 했다. 그러한 클레인 남작을 멀건이 바라보는 베베토 단장이다.

"잡지도 말고 말하지도 말게. 나는 돌아오지 않을 것이네. 내가 다시 자네 앞에 설 때는 패트리아스 백작의 가신으로일 것이네."

말 한마디로 플레이크 후작 가문과 완전하게 단절을 선언하는 클레인 남작이다. 물론 이것이 클레인 남작의 본심일 수도, 아닐 수도 있겠으나 단칼에 모든 것을 자르는 클레인 남작이 베베토 단장에게는 조금은 야속하게 다가갔다.

"그리하지."

"대부인께서 묻거든 내 인생을 찾으러 갔다 하게. 그리고 트리아스 자작이 묻거든 그냥 죽었다고 하게."

말도 안 되는 소리를 하는 클레인 남작이다. 하지만 그것이 클레인 남작의 본심일 것이다. 아무도 보고 싶지 않았다. 패트리아스 백작에게 간다고는 하지만 정말 갈 수 있을지 자신도 모른다.

대부인도 보기 싫고, 플레이크 후작 가문의 후계자도 보기 싫고, 그동안 간이며 쓸개며 모든 것을 다 꺼내줄 듯 대하던 트리아스 자작은 더욱더 보기 싫었다.

그럼에도 클레인 남작은 막사의 출입구 앞에서 망설였다. 혹시나 자신을 잡지 않을까 하는 일말의 기대이다. 하나 잡지 않았다. 그래서 그냥 출입구를 열고 밖으로 나왔다.

그리고 그의 눈에 보이는 것은 패트리아스 백작이었다. 그는 돌아가지 않았던 것이다. 멈칫하는 클레인 남작이다.

"들으셨습니까?"

"못 들었네."

"그렇습니까?"

"그러하네."

"그럼 가시지요."

아주 자연스러웠다. 예전부터 알고 있었다는 듯 아주 친숙하게 말이 오가고 서슴없이 걸음을 옮기고 있다. 제논의 좌에는 와르셀 남작이, 우에는 클레인 남작이 자리 잡았다.

그 뒤를 클라렌스와 스웬슨, 젠슨, 헬만 등이 따랐다. 누구도 그들을 제지하지 않았다. 바로 클레인 남작이 있기에. 진영을 완전히 벗어났을 때 일단의 인물들이 모습을 드러내었다.

일정 지역에 몸을 감추고 은신해 있던 라이칸 기사들이다.

그 수는 정확히 1백 명. 클레인 남작은 그들을 보며 그럴 수도 있겠다는 듯이 고개를 끄덕였다.

그리고 조금 더 멀리 벗어났을 때 일단의 군마가 제논을 기다리고 있었다. 대략 1천 명 정도의 기사와 경기병이었다. 약간은 놀랐다. 어디서 이런 병력을 구했을까 하는 생각에 말이다.

그들이 합류하고 이제는 트리아스 자작이 이끄는 연합군의 진영으로부터 완연히 멀어져, 진영을 한눈에 내려다볼 수 있을 정도의 낮은 구릉에 도착하자 수천의 병력이 모습을 드러내었다.

하나 과연 병력이라고 할 수 있을지 의문이다. 그 복색이 각양각색이기 때문이다. 그리고 일견에 보기에도 그들은 절대 정상적인 직업을 가지고 있는 이가 아니었다.

"바위 산맥의 붉은 방패 알렉스 리오스가 코린 왕국의 검이자 방패인 패트리아스 백작 각하를 뵙습니다."

'알렉스 리오스?'

순간 클레인 남작은 어디서인가 들어본 것 같은 이름에 살짝 인상을 찌푸렸다. 분명 들어보았는데 기억이 나지 않았다.

"반갑군."

"늦었습니다."

"늦지 않았네. 아주 정확한 시간에 도착했네."

"그렇습니까? 그렇다면 다행입니다."

이 또한 자연스러웠다. 클레인 남작이 합류하는 것보다 더 자연스러웠다. 클레인 남작은 알렉스 리오스라는 자를 유심히 살폈다. 어딘가에서 본 적 있는 자. 젊어 보이기는 하나 절대 젊은 나이가 아님을 알 수 있었다.

그러다 문득 생각나는 무언가가 있었다.

"혹시… 수도경비대를 총괄하던 수도경비대장 알렉스 리오스?"

"음? 자네는 누군데 나를 아나?"

그러했다. 그는 과거 25년 전까지 수도경비대의 모든 것을 총괄하던 총사령관인 알렉스 리오스 데 알랭드로스였던 것이다. 실로 믿을 수 없는 일이었다.

일설에 의하면 그는 왕명을 거역하고 끝까지 전대 패트리아스 백작의 무고함을 증명하려다 25년 전 실종되었던 인물이다. 대부분의 귀족들은 그를 헤밀턴 공작 가문에서 제거했다는 설을 믿고 있다.

또한 전대 국왕이 자신의 명을 어긴 죄로 영구 감옥에 유폐시켰다는 등 별의별 말이 다 돌았던 의문의 인물이다. 당시 겨우 21세의 젊은 나이와 경비대의 사령관임도 불구하고 법을 집행함에 있어 공명정대하기로 이름난 그였기에 많은 왕국민이 안타까워했다.

"먼 거리에서 한 번 본 적 있습니다. 그때는 작위를 가지지 않고 아버지를 따라 수도에 입성하기 위해 대기하던 때인지라 기억하지 못할 것입니다."

"그러한가? 어쨌든 날 알아보는 사람이 있다니 즐겁군."

그것으로 끝이었다. 하나 클레인 남작은 패트리아스 백작을 새롭게 보고 있다. 그리고 새로운 것을 알 수 있었다. 패트리아스 백작은 결코 군세가 없는 것이 아니었다. 왕국 저변에 넓게 퍼져 있었다.

오랜 시간이 지났음에 잊은 이들이 많을 것이라 생각했다. 그런데 아니었다. 전대 패트리아스 백작이 아님에도 불구하고 그를 중심으로 모여든 이들은 여전히 그를 전대 패트리아스 백작을 대하듯 하고 있었다. 그리고 그러한 것을 아주 당연하다는 듯이 받아들이고 있는 제논이다.

"병력은?"

"어떤 몬스터와 싸워도 물러서지 않은 정예 중의 정예 2천입니다."

"기사는?"

"총 120명이며, 그중 30명은 익스퍼트의 기사이고 나머지 70명 역시 조그마한 계기만 있으면 능히 익스퍼트에 오를 정도의 실력을 가지고 있습니다."

자부심 가득한 알렉스 리오스의 말이다. 그에 제논은 고개를 끄덕이며 단호한 목소리로 입을 열었다.

"알렉스 리오스 데 알랜드로스를 이 시간부로 남작으로 임명하는 바이며, 수도경비대의 사령관 직책에서 해임하는 동시에 본작의 권위에 도전하는 반도들을 진압하는 선봉장으로 임명하오."

"알렉스 리오스 데 알랜드로스 남작은 제논 패트리아스 백작 각하의 명을 받아 반도들을 진압하는 선봉에 서겠습니다."

일사천리였다. 다른 곳에서는 어떠할지 모르나 이곳에서는 제논의 명이 곧 법이었다. 그의 한마디에 모든 것이 이루어졌다. 왜 그런지 모르겠다. 그저 너무나도 자연스럽게 물 흐르듯 흘러가고 있는 것이다.

"진영을 정비하고 휴식을 명하오."

"명을 받듭니다."

제논의 명은 그대로 행해졌다. 일개 산적이라고는 전혀 느껴지지 않는 그 모습에 클레인 남작은 혀를 내두를 수밖에 없었다. 이것은 그야말로 잘 훈련된 최정예의 모습이 아닌가?

'이러니… 그들을 정벌할 수 없었던 것이다. 그들을 이용하기 위해서 내버려 둔 것이 아니라 너무 강했기 때문에 어쩔 수 없이 인정한 것이었다.'

그때 클레인 남작의 뇌리에 떠오르는 생각이다. 트리아스 자작은 분명 왜 바위 산맥의 산적들을 토벌하지 않느냐는 말에 그들은 그들대로 이용할 가치가 있다고 말했다.

대체 그 효용 가치가 어떠한 것인지 모르겠지만 트리아스 자작은 그렇게 말했다. 그것을 곧이곧대로 믿은 것은 아니었지만 조금은 그럴 가능성이 있지 않을까 싶었다.

그래도 나름 고르고 고른 세 번째 주군이었기 때문이다. 물론 정체를 은폐시키기 위해 타락한 자신이 몸담을 수 있는 유일한 주군이 그였기에 어쩔 수 없었지만 그렇다 하더라도 속 깊이 치밀어 오르는 배신감은 참으로 난감했다.

"지휘 천막이 완료되었습니다. 드시지요."

"그러지요."

제논은 그저 그가 행하는 대로 따를 뿐이다. 리오스 남작이 안내하는 대로 진영의 중앙에 만들어진 지휘 천막 안으로 들어갔다. 내부는 상당히 넓었다.

과연 지휘관이 머물 수 있는 장소와 함께 주요 지휘관 회의를 할 수 있도록 야전 탁자와 의자가 정갈하게 놓여 있다. 그리고 한쪽 편에는 지금 상황에 대한 작전 지도가 걸려 있어 전장의 상황을 한눈에 파악할 수 있었다.

"백부장 이상 전군 주요 지휘관 회의를 할 것이니 모두 집합시켜 주기 바라오."

"명을 따릅니다."

리오스 남작은 제논의 명을 받고 지휘 천막을 벗어나지 않았다. 이미 이럴 줄 알았다는 듯이 리오스 남작의 말이 떨어지자마자 기사 세 명과 함께 스물두 명의 지휘관이 지휘 막사에 들어와 각자 자신의 자리에 앉았다.

그에 제논은 좌측에 있는 와르셀 남작에게 고개를 끄덕였다. 제논의 허락을 득한 와르셀 남작은 거대하게 제작된 전장 상황을 알려주는 작전 지도 앞으로 나갔다.

"본인은 아리에 와르셀 남작이라 한다. 작전 지휘상 경어를 사용하지 않음을 양해해 주기 바란다. 일단 여러분의 소개를 받고자 한다."

그에 제논이 바라보는 방향의 좌측에 있던 기사가 일어나 자신을 소개했다.

"토벌군 제1천인대 대장 롭 리치스라 합니다. 이하 제1천인대를 구성하고 있는 제1백인대의 대장인 윌리엄… 제10백인대 대장인 매덕스입니다."

"토벌군 제2천인대 대장 데니스 파크라 합니다. 이하 제2천인대를 구성하고 있는 제1백인대이 대장인 알리… 제10백인대 대장인 조나단입니다."

먼저 천인대장이 자신을 소개했다. 그리고 천인대장이 각자 백인대장을 소개할 때마다 백인대장들은 자리에서 일어나 간단하게 목례를 하고 자리에 앉기를 반복했다.

"방패 기사단의 총기사단장인 크리스 패튼이라 합니다."

"방패 기사단의 제1기사단 60명을 총괄하는 로버트 갈루치입니다."

"방패 기사단의 제2기사단 60명을 총괄하는 크리스토퍼 힐이라 합니다."

그렇게 기사들까지 모든 소개가 끝이 났다.

"반갑습니다. 바로 작전 설명에 들어가겠습니다."

자질구레한 미사여구나 인사치레는 없었다. 그런 것을 하고자 이곳에 모인 것이 아니니 말이다.

"우리의 목적은 패트리아스 백작 각하에게 반기를 든 반도들을 토벌하는 데 있습니다. 명일 오전 그들은 패트리아스 백작 각하의 영주성인 랭리를 공격할 것입니다."

그렇게 서두를 꺼내며 장내를 한 번 훑어보는 와르셀 남작이다. 장내 모든 이의 시선이 그런 와르셀 남작을 향해 있다.

"저들은 전형적인 공성을 하기에는 공성 장비가 부족합니다. 하기에 임시방편으로 만든 공성 장비 중 공성 타워를 이용한 성내 진입과 해자를 메우고 성문을 치는 정공법을 시행할 것입니다."

사실 이것은 작전이랄 것도 없다. 공성 장비가 없는 상황에서 그들이 할 수 있는 것은 상당한 제약이 있으니 말이다. 결국은 사다리를 이용해 성벽을 기어오르거나 간이로 만든 공성 탑이나 공성 추를 이용하는 방법밖에는 말이다.

"그에 그들의 시선이 분산될 때 아군은 배후를 쳐 혼란을 야기하며, 그와 동시에 영주성인 랭리에서 바로 대응할 것입니다. 앞뒤로 적을 압살하는 작전이라 할 수 있습니다."

트리아스 자작 연합군이 수는 무려 5만 5천이다. 그런데 누구 하나 그 수에 대해 물어보거나 걱정하는 이는 없었다. 그들은 지금 당연히 승리할 것이라 생각하고 있었다.

그러한 자신감이 대체 어디에서 나오는 것인지 알 수 없었으나, 지금 와르셀 남작의 작전 설명을 듣고 있는 이들은 자신감 넘치고 용기백배한 표정 그대로이다.

"이에 후위 진입군은 좌군과 우군, 그리고 중군으로 나누며, 좌군 대장은 알렉스 리오스 남작으로 임명하며 병력은 제1천인대장 휘하의 병력을 배속시킵니다. 우군 대장은 자이브 클레인 남작을 임명하며 병력은 제2천인대장 휘하의 병력을 예속시킵니다."

불만은 없었다. 다만 제2천인대 같은 경우 생전 처음 보는 남작에게 예속된 것이기에 약간은 딱딱해진 얼굴이기는 하나, 일개 천인대를 지휘하는 지휘관으로 남작이 배속되었다는 것 자체가 대단히 파격적이라는 것을 아는 이들인지라 별다른 표정을 내비치지 않았다.

"그리고 중군은 패트리아스 백작 각하께서 직접 이끌 것이며, 방패 기사단 전원이 중군에 속할 것입니다. 중군은 적의 종속을 가르고 지나며 적의 지휘 체계를 흔드는 역할입니다."

전원 기마로 이루어진 기사단이라면 충분히 그 역할을 할 수 있을 것이다. 방패 기사단도 방패 기사단이지만 그들보다 적어도 머리 하나는 더 커 보이는 라이칸 기사들까지 합류한다면 결코 만만치 않은 전력이 될 것이기 때문이다.

"좌군과 우군은 중군이 적을 관통하고 랭리의 병력이 대응할 때를 기다린 뒤 좌우를 들이쳐 적을 분산시키며 사기를 저하시키면 됩니다. 주의할 것은 절대 욕심을 낼 필요가 없다는 것입니다."

"험, 험"

"헛허엄."

욕심을 내지 말라는 말에 개중 몇 명이 헛기침을 했다. 전장에서 공을 탐해 욕심을 내는 이들이 적지 않아 작전을 망치는 경우가 다반사였다.

또한 겨우 2천의 병력이다. 트리아스 자작 연합군의 5만 5천에 비하면 병력이라 할 수도 없는 그런 병력일 것이다. 와르셀 남작이 그런 경고를 보낸 것은 공에 욕심을 내 너무 적진 깊숙이 빠져 몰살당할 수 있기 때문이었다.

그렇지 않아도 적은 병력이다. 그런데 거기에서 적의 함정에 빠져 허우적거리면 이미 전투는 패한 것이나 다름없다. 아무리 라이칸 기사단이 있고 패트리아스 백작이 있다 하지만 중과부적이라는 말이 있다.

그러하기에 와르셀 남작이 이렇게 신신당부하는 것이다. 성안에서 대응한다고는 하지만 성안의 병력도 겨우 3천. 거기에 영주성 경비대까지 포함한다면 5천.

5만 5천을 상대로 겨우 7천의 병력으로 전투를 벌이는 것이다. 물론 전투는 병력으로 하는 것이 아님은 알지만 그래도 한계는 분명 존재했다.

"허면 작전 회의는 이것으로 마치겠소. 다들 준비를 철저히 하고 내일 벌어질 전투에 있어 반드시 승리를 거머쥘 수 있도록 합시다."

제논이 회의를 파하는 말을 했다. 그에 지휘 막사의 야전회의 탁자를 둘러싸고 앉아 있던 기사들과 지휘관들이 일제히 자리에서 일어나 제논에게 가볍게 목례를 올리고 지휘 막사를 떠나갔다.

그렇게 적막한 밤이 지나가고 있었다. 그리고 새벽이 지나고 아침을 밝히는 해가 떠오르자 트리아스 자작 연합군 진영에서 부산한 움직임이 감지되었다.

전투를 위해서 식사를 하고, 장비를 점검하고, 간이로 만든 공성 탑과 공성 추를 점검하기 시작했다. 하지만 그것 역시 쉬운 일은 절대 아니다. 무려 5만 5천의 병력이니 당연하다 할 수 있었다.

식사 시간만 해도 무려 한 시간이 훌쩍 넘게 걸린다. 그런 식사를 준비하는 시간 역시 상당했고, 그와 동시에 공성을 위한 장비를 이동시키고 있으니 마치 시장통처럼 어지럽고 시끄럽기 그지없는 상황이었다.

그렇게 아침 시간이 흐르고 해가 오후에 가까워질 때쯤 드디어 트리아스 자작 연합군이 서서히 군진을 만들어 이동하기 시작하였다.

뿌우우~

두웅! 두둥! 두웅!

전고가 울고 뿔 나팔이 울었다. 공성 탑과 공성 추가 육중한 소리를 내며 움직이기 시작했고, 병사들은 성벽을 오를 단단한 사다리를 들어 발을 맞추어 이동하기 시작했다.

그러기를 한참.

"선두~ 정지~"

"선두~ 정지이!"

5만 5천의 병력이 랭리 성 앞에 도열하기 시작했다.

"공성 탑 앞으로!"

"공성 추 앞으로!"

"사다리 부대 앞으로!"

끼기기긱! 쿠르르릉!

후미에서 힘들게 따라붙고 있던 공성 탑과 공성 추가 기괴한 마찰음을 일으키며 앞으로 나왔다.

"방패병! 방패 들어어~"

"방패병! 앞으로오~"

척! 처적! 척!

"궁수부대! 장저언!"

부대의 후미에 있던 장궁부대가 활에 화살을 장전하고 시위를 당겼다.

"제1열 발사!"

수만 발의 화살이 하늘을 새까맣게 물들이며 랭리 성을 향해 쏘아져 나갔다. 그에 랭리 성의 병사들과 기사들은 아주 침착하게 대응하고 있다. 그들은 다름 아닌 아이작스 백작 가문의 병사였다.

수없이 많은 몬스터와 싸워왔고, 이곳에 파견되기 전까지도 몬스터와 드잡이를 하고 온 아이작스 백작 가문의 병사들. 그러한 그들에게는 초년의 병사나 전투를 처음 접하는 병사들이 겪는 두려움 따위는 존재하지 않았다.

"성벽에 몸을 숨겨라!"

"방패 들어!"

"벽에 바짝 붙어!"

후두두둑!

방패를 들고 성벽에 바짝 붙어 화살을 막아내거나 사각지대를 만들어 화살을 피하고 있었다. 그러면서도 그들은 성벽밖에서 절대 시선을 떼지 않았다.

화살 공격에 이어 공성 탑이나 공성 추의 공격이 있을 터이니 잠시라도 시선을 다른 곳으로 돌린다면 성문이나 성벽이뚫리는 것은 그야말로 순식간이기 때문이다.

트리아스 자작 연합군의 화살 공격은 끊임없이 계속되었다. 하나 랭리 성의 대응은 침착하기 그지없었다. 하늘을 새까맣게 물들이도록 쏟아지는 화살 세례 속에서도 침착하게화살을 날려 보병들의 접근을 막아내고 있기 때문이다.

"방패병! 앞으로오~"

"공성 탑! 앞으로오~"

"화살을 쏴라! 적에게 쉴 틈을 주지 마라!"

방패병의 진군에 맞춰 공성 탑이 서서히 움직이면서 그 좌우로 사다리를 든 병사들이 다닥다닥 붙어 이동하고 있다. 그러한 와중에도 죽어나가는 병사는 있었다.

적은 성벽이라는 단단한 방어막이 있으나 연합군 측은 그저 방패에 의지해서 전진해야 하기 때문에 어쩔 수 없는 희생이었다. 조금만 더 충실하게 준비했다면 그다지 많은 손실을당하지 않을 수도 있겠으나, 그런 것에는 별로 신경 쓰지 않

는 그들인지라 죽어나는 병사들은 전혀 신경 쓰지 않고 있었
다.

"곧 있으면 성벽에 병사들이 도착할 것입니다."

"공성 추는 어떻게 되었소?"

길라스피 남작의 보고에 트리아스 자작은 공성 추에 대해
물었다. 성벽을 기어오르는 것보다는 역시 힘들더라도 성문
을 부수고 들어가는 것이 훨씬 수월하기 때문이다.

"해자를 개척해야 하기에 시간이 걸릴 것입니다."

해자가 문제였다. 랭리 성이 개활지는 아니더라도 그렇다
고 경사진 곳도 아니기에 해자의 넓이와 깊이가 상당했다. 성
벽 또한 높은 편이고 말이다. 그에 인상을 찌푸린 트리아스
자작이 입을 열었다.

"어떤 희생을 치른다 하더라도 반드시 오늘 안에 함락시켜
야 할 것이네."

"물론입니다. 겨우 2~3천 내외의 병력으로 어찌 5만 5천
을 막을 수 있겠습니까? 처음이야 조금 버틴다 해도 피로가
가중됨에 결국 손을 들고 항복할 것입니다."

"반드시, 반드시 그래야 하네."

트리아스 자작과 그의 군사인 길라스피 남작이 대화를 하
고 있는 동안 드디어 성벽 바로 밑까지 진군해 들어간 귀족
연합군이었다.

"끓는 물을 준비하라!"

"불붙인 통나무를 준비하라!"

"송곳 나무판 준비이~"

"활을 쏴라! 활을 쏴! 절대 저들을 성벽에 오르게 하지 마라!"

기사들의 외침이 여기저기에서 터져 나왔다. 랭리 성벽 위가 그러하니 랭리 성벽 아래 역시 커다란 외침이 들려오고 있었다.

"사다리를 걸어라!"

"길을 비켜! 공성 탑이 들어가게 길을 비키란 말이다!"

"우와아아!"

랭리 성벽 아래로 새까맣게 몰려들고 있는 귀족 연합군이었다.

"공성 탑을 향해 불화살을 날려라!"

"사다리! 사다리를 밀어!"

공성 탑을 향해 불화살을 쉼 없이 날렸고, 성벽에 걸친 두툼한 사다리를 서너 명의 병사가 긴 나무 끝에 판자를 댄 것으로 밀어제치고 있다.

"으, 으아악!"

"사, 살려!"

높이 17미터의 사다리가 휘청거리더니 성벽에서 밀려나

그대로 떨어져 내린다. 다른 쪽에서는 이미 공성 탑이 서서히 운제를 내리고 있었다.

"쏴라! 쏴!"

"전지인! 전진하라!"

"됐다! 돌격하라! 가장 먼저 성에 오르는 것이다!"

성벽에 다리를 걸친 공성 탑에서 병사들이 쏟아져 내리기 시작했다.

쉬각!

"커허억!"

겜블 경은 사다리를 타고 성벽에 오른 적 기사를 가볍게 베어 넘겼다. 그리고 잠깐 시선을 돌려 성벽의 상황을 훑어보았다. 확실히 성을 의지해 싸운다 하여도 무지막지한 병사의 수를 막아내기는 쉽지 않았다.

그때였다.

겜블 경의 시야에 잡힌 일단의 무리가 있었다. 트리아스 자작이 이끄는 귀족 연합군의 후미에서 일단의 기마로 이루어진 이들이 거침없이 연합군의 중심을 가르고 달려오고 있었다.

그에 겜블 경은 살짝 웃음을 지었다. 진정 적절한 상황이었다. 이제 막 성벽을 넘으려는 순간 제논이 적의 후미를 치고 들어가고 있는 것이다.

"원군이다! 원군이 왔다!"

누군가가 외쳤다. 그에 기사들과 병사들은 없던 힘이 갑자기 생기는 것 같았다. 대체 어떻게 원군이 온 것인지는 모르지만 분명 그들이 보기에도 대단한 원군이었다. 귀족군의 후미가 완전히 무너질 정도였으니 말이다.

아닌 게 아니라 실제 그러했다. 트리아스 자작이 이끄는 귀족 연합군의 후미에 가장 먼저 쏟아진 것은 바로 마법이었다.

"세상에 존재하는 모든 것을 파괴하는 마나의 힘이여, 내가 가진 마나의 힘을 받아 내가 원하는 대지에 그 파괴의 힘을 보일지어다! 파괴의 힘! 록 스톰(Rock Storm. 7서클의 마법. 바위들이 폭풍을 만들어내 사방 100미터를 초토화시킨다.)!"

콰카콰가각!

거대한 바위가 떠올랐다. 그리고 회전했다. 한 개도 아닌 수십 개의 바위가 한꺼번에 폭풍을 만들어내니 그 폭풍권에 휩싸인 병사들은 비명도 지르지 못하고 모조리 피분수를 뿜어내며 사라졌다.

그리고 이어지는 또 다른 광역 공격.

"정령 소환(Summon Elemental)! 노에스(Gnoess)! 폭멸(爆滅)하는 대지! 어스 퀘이크(Earth Quake)!"

쩌저저적!

"크와아아악!"

"피, 피햇!"

"따, 땅이 갈라진다아!"

그것이 끝이 아니었다.

"정령 소환(Summon Elemental). 실레스틴(Syllestine)! 죽음의 칼날! 스톰 블레이드(Storm Blade)!"

후와아아아앙!

푸화아악! 퍼버벅!

"케륵!"

"끄르륵!"

비명도 없었다. 아무것도 없었다. 단 세 명이서 펼친 무지막지한 광역 공격에 수천의 병사가 떼죽음을 당했다. 7서클의 마법이 작렬하였고, 대지의 상급 정령이 땅을 갈랐으며, 일정 공간을 완전히 피로 물들여 버린 최상급 바람의 정령이 시전한 바람의 칼날.

그것은 그야말로 절망이었다.

그 모습을 바라보는 트리아스 자작과 길라스피 남작 등은 그저 아무런 말도 없이 입을 벌리고 있을 뿐이다. 단 한순간에 수천에 이르는 병력이 사라져 버렸다.

사람이 놀라도 일정한 수준이 넘어가면 오히려 담담해지듯이 그들은 이 비현실적인 상황에 놀라 머리가 텅 비어버린 것 같았다.

무엇을 어떻게 말해야 한단 말인가? 말문이 막혀 어떠한 말도 할 수 없었다. 그들의 공격은 그것으로 그치지 않았다.

"불타는 화염의 마나여! 대지를 휩쓰는 바람의 힘이여! 이곳에 모여 내가 원하는 장소에 그 뜨거운 열기를 드러내라! 홍염의 대지! 파이어 스톰(Fire Storm. 화염이 폭풍을 일으켜 반경 1백 미터를 태워 버린다. 7서클의 마법.)!"

"정령 공격(Elemental Attack)! 노에스(Gnoess)! 죽음의 대지! 어스 아울(Earth Awl)!"

"정령 공격(Elemental Attack)! 셀레아나(Saleana)! 라그나 플레임(Lagna Flame)!"

불길이 치솟아 올랐다. 대지가 부글부글 끓어올랐고, 그것은 그대로 송곳이 되어 병사들과 기사들, 그리고 말을 한꺼번에 관통해 버렸다.

단 세 명이었다.

그 세 명에 의하여 1만 2천이 넘는 인원이 불과 5분도 안 되어 사라져 버렸다. 트리아스 자작이 이끄는 귀족 연합군의 후위가 갑자기 허전해졌다. 모든 것이 사라져 버렸다.

대기하고 있던 병력과 기사, 공성 탑과 공성 추, 그리고 사다리, 열심히 하늘을 새까맣게 물들이며 화살을 쏘아대던 궁병들까지 한꺼번에 쓸어내린 세 사람이었다.

턱이 빠질 정도로 놀란 것은 비단 트리아스 자작군으로 있는 병사나 기사들만이 아니었다. 적의 중심을 가르고 지휘 체계의 혼란이라는 임무를 띤 중군에 배속된 방패 기사단 역시, 심장이 입으로 튀어나올 정도로 놀라고 있었다.

제논의 뒤에서 제논과 클라렌스, 스웬슨의 절대의 무력을 지켜보는 그들은 지금 전신을 가늘게 떨고 있었다. 이들은 정말 말로 설명이 안 되는 자였다. 특히나 클라렌스를 바라보는 기사들은 공포가 젖어 있었다.

말하지는 않았지만 여자가, 그것도 기사가 아닌 여백작이 전투에 참여한다는 자체가 말도 안 된다고 생각했다. 그래서 솔직히 못마땅했다. 다만 제논의 강력한 명령에 의해 드러내지 않았을 뿐이다.

하나 지금은 그 절대적인 마법 앞에 자신들도 모르게 마른침을 삼키고 말았다. 담이 약한 자들 중에는 그 야차와 같은 모습에 약간 지린 이들도 있음이 분명했다.

"전구운! 돌격하라!"

제논이 창을 들어 외쳤다.

"크와아아악!"

"우와아악!"

"돌겨억! 돌격하라!"

제논이 말을 몰아 앞으로 나갔고, 클라렌스 역시 손 좌우로 마나 휩을 실현시키고 있었다. 그리고 스웬슨은 말없이 그저 뛰었다. 하나 말보다 더 빠르다고 할 수 있었다.

그들의 앞에는 거칠 것이 없었다. 결코 230에 이르는 기사가 아니었다. 젠슨이 있었고, 그를 따르는 1백의 기사가 있었다. 트리아스 자작을 따르는 병사들은 그대로 얼어붙어 버렸다.

"무, 무서워어⋯⋯."

"피, 피해야 해⋯⋯."

"어버, 어버버."

피하지도 못했다. 피할 공간이 없었다. 그들이 진격함과 동시에 랭리 성의 10미터가 넘어가는 거대한 성문이 기괴한 마찰음을 내며 내려오고 있다.

그그가가각!

쿠우웅!

그리고 둔중한 소리와 함께 마침내 대지에 그 거대한 도개교가 내려졌을 때 가장 선두에서 시퍼런 오러를 시전한 기사들이 빛보다 빠르게 말을 달려 나오고 있었다.

"라이칸 기사단! 공겨억! 공격하라!"

"와하하하! 죽어랏!"

"크하아악!"

"피, 피햇!"

도개교가 내려옴으로써 그 앞에서 공성 추를 준비하고 있던 곳이 순식간에 아수라장이 되어버렸다. 가장 선두에서 모습을 드러낸 자들은 성을 지키기 위해 남은 2백의 라이칸 기사였다.

그들의 손엔 50센티미터가 넘는 날카로운 손톱이 자라나 있다. 하나 세심하게 보지 않는다면 2백 명의 기사 전부가 날카로운 클로를 착용한 것처럼 보인다. 그들은 거침없이 도개교를 가로질러 성문 앞에 도열해 있는 귀족 연합군에게로 뛰어들었다.

Chapter 07

"진격! 진격하라!"

"물러서지 마라!"

난전이 펼쳐졌다. 아니, 트리아스 자작이 이끄는 귀족 연합군은 난전을 자초하고 있었다. 그것은 바로 그들의 후미를 강타한 무지막지한 마법 때문이었다.

순식간에 5만 5천 중 1만 2천이 사라지고, 성을 점령하기 위해 돌격해 나가던 병사들은 성벽에 오르기도 전에 떨어지고, 불이 붙고 화살에 꿰이며 구슬픈 비명을 지르다 끊임없이 죽어나갔다.

그들은 지금 적을 파악할 시간조차 없었다. 너무나도 강렬한 공격에 정신을 차릴 수가 없기 때문이다. 아직도 귀족 연합군의 수가 더 많다는 것 정도만 파악하고 있을 뿐이다.

그래서 귀족들이나 기사들은 고래고래 고함을 치며 병사들을 독려하였다.

"물러서지 마라! 물러서는 자는 내 검에 죽을 것이다!"

"돌겨억! 돌격하라!"

그러한 난전이 진행되는 와중에도 트리아스 자작은 여전히 아무런 표정이 없었다. 경악이 극에 달하여 이성을 잃은 듯 보였다.

"…작 각하!"

"어? 뭐?"

길라스피 남작이 그를 일깨우기를 여러 번. 한참이 지나서야 겨우 정신을 차린 트리아스 자작이다. 그리고 정신을 차린 트리아스 자작의 얼굴이 흉신악살처럼 일그러지기 시작했다.

"저게… 말이 된다고 생각하나?"

"……."

말이 없었다. 솔직히 길라스피 남작도 믿을 수 없었기 때문이다. 하지만 실제 자신의 눈앞에서 벌어진 일을 부정할 수도 없는 상황이다. 그러한 생각을 말을 하지 않음으로써 표현하는 길라스피 남작이다.

듣도 보도 못했다. 제국의 황실 마탑주조차도 저런 위력을 보일 수는 없었다. 그런데 그러한 마법이 무려 여섯 번에 걸쳐서 귀족 연합군에게 작렬하였다.

마법에 대한 준비가 없는 것도 아니었지만 그렇다 해도 마법에 대해 신경을 많이 쓴 것도 아니다. 그저 적당했다. 해서 마법 공격이 평범했다면, 이를테면 여느 왕국 마탑이나 제국 마탑의 평범한 마법사들이었다면 분명 그렇게 큰 피해를 입지 않았을 것이다.

그런데 상상을 초월한 피해를 입었다. 무려 1만 2천가량이다. 말도 안 되는 숫자라는 것이다.

트리아스 자작과 길라스피 남작은 이내 찢어질 듯 눈을 부릅뜨고 입을 벌릴 수밖에 없었다.

전장의 끝.

그곳에서 제논이 말을 몰아 앞으로 나오고 있었다. 긴 장창에 푸르른 화염이 선명하게 이글거린다. 오러 스피어였다. 놀라지 않을 수 없었다.

대륙에 마스터가 없는 것은 아니다. 하나 스피어 마스터는 없었다. 소드 마스터가 많은 것은 그만큼 검을 다루는 기사들이 많기도 했지만 가장 효용성이 있으며 마스터에 오르기가 쉽기 때문이었다.

물론 일설에서는 백일도 천일창 만일검이라는 말이 있다. 하나, 과연 그럴까? 무기를 다룸에 있어 한 분야에서 일가를 이루어 마스터라는 칭호를 얻음에 과연 그것이 성립될 것인가를 묻는다면 답은 '아니다' 이다.

백일도 천일창 만일검이라는 것은 기본을 익히는 것에 대한 개념일 뿐이다. 검이란 모든 무기에서 최종적으로 진화한 무기라 할 수 있었다. 최종 진화형이라는 것은 베고, 자르고, 찌르는 모든 동작이 가능하며, 가장 짧은 시간에 적을 죽일 수 있다는 것을 의미한다.

무기란 원래 상대를 제거할 목적으로 사용하는 것이니까. 검이란 그렇다. 가장 많은 변화를 담고 있다. 그러하기에 그 모든 변화를 하나에 담기가 어렵다. 그래서 만일검이다.

하나 중요한 것은 그것이 아니었다. 바로 제논 패트리아스라는 존재가 마스터라는 점이었다. 그것도 스피어 마스터. 대륙에 극히 드문 마스터 말이다.

보통 마스터를 전략 무기라 하고 혹자는 일인군단이라고 말한다. 그러한 존재가 바로 자신들의 앞에 있다. 그리고 자신들을 향해 거침없이 포효를 내지르고 있다.

"나는 제논 패트리아스 백작이다! 누가 본작의 명을 거역하는가? 나에게 오라! 와서 내 창 앞에 무릎을 꿇어라!"

"미친놈! 죽어랏!"

기사가 달려들었다. 미친놈이라 하면서 말이다. 제논의 창이 빛살보다 빠르게 직선으로 움직였다.

피슉!

"끄륵!"

비명은 없었다. 다만 가래 끓는 것 같은 미약한 소리가 흘러나왔을 뿐이다. 제논은 무심하게 창을 빼내었다. 피가 분수처럼 쏟아졌고, 기겁한 병사들은 주춤거리며 뒤로 물러났다.

기사마저도 단 한 수에 죽었거늘 어찌 일개 병사가 상대할 수 있다는 말인가? 병사들이 물러서는 것은 당연한 것이라 할 수 있었다. 아무리 피의 광기에 잠긴 전장이라 하나 피의 광기보다 더 강렬한 공포는 결코 회피할 수 있는 것이 아니었다.

제논은 말을 달려 앞으로 나갔다. 그의 좌우에는 거대한 체구의 스웬슨이 있었고, 말고삐를 놓은 채 양손에 마나 휩을 들어 주변 10미터의 모든 것을 파괴하고 있는 클라렌스가 있었다.

단 세 명뿐이었지만 그들이 전진하고 남은 후방의 공간은 좌우 30미터가 휑하니 뚫려 있었다. 그 누구도 접근하지 못했다. 그들의 뒤를 따르는 방패 기사단 역시 용서가 없었다.

목이 잘리고 심장이 꿰뚫렸으며, 사방으로 흩어지는 피분수와 뇌수가 대지를 질척하게 적셨다. 들려오는 것은 오직 말발굽 소리와 병사들이 죽으며 내는 처절한 비명 소리뿐이었다.

"이노옴! 트리아스 자작 휘하의 임레 너지 남작이다! 내 너를 죽여 그 공을 세울 것이다!"

그때 제논의 앞으로 일단의 기사들이 달려오고 있었다. 그들도 보았다. 그리고 두려웠다. 하나 맞서지 않을 수 없었다. 그들은 알고 있었다. 이래 죽으나 저래 죽으나 죽는 것은 마찬가지라는 것을 말이다.

그리고 아직은 자신들의 군세가 월등하게 많았다. 아무리 상대가 대단한 마법사이고 마스터라 하지만 수에는 장사 없는 법이다. 밀어붙이면 되는 것이다. 그리고 그의 목을 꿰뚫으면 되는 것이다.

너지 남작은 지금 모험을 하고 있었다. 위험이 크면 클수록 돌아오는 혜택은 크다. 성공하면 자신은 가장 큰 공적을 세우는 것이다.

그리고 자신이 먼저 나설 일은 없었다. 기사들이 있고 병사들이 있었다. 자신의 역할은 자신을 따르는 기사들과 병사들의 투지를 촉발시켜 패트리아스 백작이라는 존재를 죽이면 되는 것이다. 아무리 많은 기사와 병사들이 죽는다 해도 자신이 최후에 그의 목에 검을 찌르면 되는 것이다.

제논을 향해 수없이 많은 병사와 기사가 쇄도해 들어갔다.

제논은 말을 멈추지도 않았고 창을 멈추지도 않았다. 다가오는 족족 모두 죽이면 되는 것이다.

차갑게 가라앉은 눈, 굳게 다문 입술, 어떠한 표정도 드러나지 않은 얼굴, 거의 기계적으로 움직이는 창. 그에게 다가가던 기사 한 명의 목이 꿰뚫리고, 그 기사는 제논의 창을 움켜쥐었다.

자신이 죽더라도 다른 이들에게 기회를 제공하겠다는 듯이 말이다. 핏물을 게워내며 자신의 목을 꿰뚫은 창을 잡고 있던 기사가 웃었다. 득의만만한 웃음이었다.

'나만 죽지 않는다! 너도 죽는다!'

마치 그렇게 말하는 것처럼 느껴졌다. 하나 제논은 자신의 창을 상대가 잡든 잡지 않든 상관없었다. 아무런 의미가 없으니까 말이다. 제논의 창이 갑자기 맹렬하게 회전했다.

위히이잉! 가가가가각!

"끄으~ 카하아악!"

맹렬하게 회전하던 제논의 창이 앞으로 쑥 전진했다가 다시 빠져나왔다. 그의 창끝에는 아무것도 없었다. 핏물 가득한 미소를 짓던 기사도 없고 창을 움직이지 못하도록 쥐고 있던 두 손도 없었다.

"이잇! 죽어랏!"

"악마 같은 놈!"

제논의 맹렬하게 회전하는 창은 기사의 두 손과 목을 핏물에 잠기도록 갈아버렸다. 목과 손이 없는 기사의 시체가 말 위에서 떨어져 내렸다. 기사들은 그것을 보고 있었다.

그에 악다구니를 쓰며 제논을 향해 쇄도했다. 그들은 제논을 잔인하다 생각했다. 왜냐하면 기사로서 깨끗한 죽음을 선사하는 것이 도의였기 때문이다. 그런데 백작이라는 작위를 가지고 있는 고위 귀족이 그런 도의를 땅에 팽개쳐 버린 것이다.

제논은 자신을 향해 쇄도하는 기사 한 명의 검을 교묘하게 걸어 구(鉤:걸어서 끌어당기는 역할을 하는 갈고리. 창영(槍瓔)과 같은 위치)로 자신에게 바짝 끌어당겼다.

"이익! 허억!"

기사는 버티려 했지만 순간적으로 당겨지는 제논의 힘에 헛바람을 일으키며 주르륵 끌려갔다. 아니, 끌려간 것이 아니라 거의 날아갔다고 해도 과언이 아니다.

그리고 제논은 다시 창을 뱀처럼 휘감아 돌려 준(鐏:창을 지면에 찔러서 세워놓을 때 이용하는 날카로운 송곳과 같은 부분)으로 그 기사의 심장을 꿰뚫고 있었다.

"크하아악!"

기사의 눈이 부릅떠졌다. 도저히 믿을 수 없다는, 불신이 가득한 눈빛이다. 기사는 허공에 떠 있었다. 단지 창 하나로 풀 플레이트를 입은 기사를 찔러 들어 올린 것이다.

휘릭!

"큭!"

제논은 다시 창을 돌렸다. 기사의 심장에서 준이 빠져나오며 피가 뿜어져 나왔다. 그리고 기사는 땅에 떨어지자마자 짧은 신음 소리를 내며 절명했다.

"물러서지 마라! 물러서면 내 검에 죽을 것이다!"

서걱!

"큭! 끄르륵!"

기어코 한 명의 병사가 기사에게 죽임을 당했다. 두려움에 젖어 뒤로 물러나던 병사이다. 병사가 죽으며 얼굴을 가리고 있던 헬름이 벗겨졌다. 순간 기사는 움찔했다.

생각보다 어렸다. 도저히 18세를 넘겼다고 볼 수 없는 그런 소년이었다. 청년이나 장년이 아니었다. 그때 그것을 본 너지 남작이 검을 꺼내 들고 정신없이 외치기 시작했다.

"놈은 혼자다! 몰아치면 죽일 수 있다! 죽여! 죽여랏!"

너지 남작과 기사들이 연신 병사들을 독려했다. 처음 용기 백배해서 달려들 때는 몰랐으나 달려들고 보니 상대가 너무 강했다. 벌써 그의 손에 죽은 기사와 병사가 기백을 헤아리고 있었다.

도저히 어찌해 볼 도리가 없었다. 병사들은 기사들과 너지 남작의 서슬 퍼런 고함에 마치 도살장에 끌려가는 마소 같은 얼굴을 하고 있었다.

"길을 터라! 허면 살 것이다!"

제논은 그렇게 말하면서도 창을 놀려 그와 얼마 떨어지지 않은 곳에서 병사들을 독려하던 기사의 이마를 꿰뚫고 있었다.

콰직!

"헉!"

숨을 들이켠 기사의 눈이 부릅떠졌다. 그리고 기사의 이마를 따라 끈적끈적한 검붉은 핏방울이 흘러내렸다. 하나 제논의 시선은 이미 그 기사에게 가 있지 않았다.

"귀족들과 기사들은 앞으로 나서라! 본작이 무서운가? 무섭다면 머리를 조아려야 할 것이다! 아니면 나서라!"

제논은 말의 배를 찼다. 말은 깜짝 놀라 앞발을 들어 올려 드높은 울음을 토하더니 거침없이 앞으로 뻗어 나가기 시작했다. 마치 구름이 갈라지듯 쫘악 갈라지는 전장이었다.

일인 일마.

하나로 움직이는 두 존재를 가로막을 병사는 없었다. 있다면 아직도 정신을 차리지 못한 일부 기사들과 귀족일 것이다. 그들은 아직도 꿈을 꾸고 있었다.

반드시 죽일 수 있다는, 반드시 승리할 수 있다는, 그래서 그들은 더욱더 강렬하게 제논을 향해 부나방처럼 날아들고 있었다. 하나 그들은 제논에게 도달하기도 전에 명을 달리해야만 했다.

"겁쟁이들!"

촤화하악!

마나 휩 하나가 기사의 목을 휘감았다. 자신도 모르게 목을 감아오는 마나 휩을 잡아가는 기사이다. 하나 이내 기사의 손은 목 아래로 흘러내리더니 무언가 떨어지는 듯한 소리를 내었다.

퍼버벅! 투두두둑!

목이 없었다.

클라렌스의 마나 휩은 기사의 목을 그대로 박살 내버렸다. 그것이 다가 아니었다. 그녀의 또 다른 마나 휩, 아니, 마나 스피어? 혹은 마나 블레이드? 어찌 불러야 할지 모를 기묘하게 생긴 마나로 이루어진 무기가 사방을 휩쓸며 기사들의 목을 가을날 추수하듯 베어내고 있었다.

"마녀다! 선혈의 마녀다!"

그녀를 향해 부르짖는 기사가 있었다. 그에 클라렌스의 시선이 기사에게로 향했다. 클라렌스의 시선을 받은 기사는 저도 모르게 몸을 부르르 떨었다. 너무나도 차가운 눈빛에 오금이 저려오는 것이다.

"그러하다. 나는 마녀다. 선혈의 마녀이다. 허나 그대들은 무엇인가? 고작 병사들 뒤에 숨어서 목숨을 연명하는 그대들은 무엇인가? 그대들은 기사인가? 다수로 소수를 압박하는 그대들은 귀족이냔 말이다. 그대들이 나보다 나은 것이 대체 무엇이란 말인가?"

그녀의 말에 그 누구도 입을 열지 않았다. 너무나도 정확하게 송곳처럼 심장을 찌르는 말이었기 때문이다. 그것을 느꼈다면 그는 기사이고 귀족이라 불러도 될 것이다.

하나 불행하게도 그들의 심장은 이미 썩어 송곳 같은 아픔에도 아픔을 느끼지 못하고 있었다.

"궤변이로고! 마녀의 궤변에 현혹되지 말라!"

또 다른 귀족이 입을 열어 외쳤다.

"공격하라! 저년을 찢어 죽여라!"

"우와아아!"

하나 귀족들과 기사들의 외침에 동조하는 병사들의 목소리에는 힘이 없었다. 그들이 든 창과 검, 그리고 방패는 그저 힘없는 몸부림에 지나지 않았고, 클라렌스의 근처에서 찌른 흉내만 낼 뿐이었다.

"길을 열어라! 기사들과 귀족들에게 안내하라! 너희의 분을 풀어줄 것이다!"

클라렌스의 외침에 병사들은 그녀를 공격하는 척하면서

길을 열었다. 기사들이 있는 곳으로, 혹은 귀족들이 있는 곳으로 말이다. 그런 병사들의 행태에 기사들과 귀족들은 분을 토해내었다.

"이, 이런 미친!"

믿을 수 없었다. 한낱 미물과 같은 평민 놈들이 감히 귀족의 명을 거부하고 적과 내통하여 길을 열어주고 있는 것이다.

"내 너희 먼저 죽이고 말리라!"

귀족은 길을 열어주는 병사들을 향해 검을 휘둘렀다. 하나 그의 팔은 결코 병사를 내려칠 수 없었다.

서걱! 푸화악!

"끄아아악!"

무언가 희끗한 것이 그 귀족의 팔을 스치고 지나갔다. 분명 그러했다. 드러난 결과는 아주 깔끔한 단면을 하고 떨어져 내리는 귀족의 팔이었다.

"그 간악한 입을 놀린 죄를 직접 감당하거라!"

슈화악!

클라렌스의 손을 떠난 빛살.

"컥! 그륵!"

그리고 귀족의 입을 통과해 뒤통수로 빠져나오고 있었다. 빛살이 빠져나와 사라지고, 그곳을 귀족의 검붉은 핏줄기가 채웠다.

"어디에 서겠느냐? 너희는 패트리아스 백작 각하의 영지민이 아니던가? 이제라도 상관없음이다! 창을 돌리고 검을 돌려라! 패트리아스 백작 각하의 병사로서 적을 처단하라!"

클라렌스의 외침에 머뭇거리던 한 명의 병사가 몸을 돌려 세웠다. 그것이 시작이었을까? 한 명이 두 명이 되고 두 명이 네 명이 되었다. 그 수는 급속하게 불어나가더니 종내에는 클라렌스의 주변에 있던 수많은 병사가 뒤로 돌아 그녀를 따랐다.

"나를 따르라! 나를 따라 반도들을 척살하라! 패트리아스 백작 각하를 선택한 그대들에게 축복을! 매스 스트랭스(Mass Strength)! 매스 헤이스트(Mass Haste)!"

"와아! 패트리아스 백작 각하 만세!"

"적에게 죽음을!"

클라렌스를 따르는 병사들은 용기백배했다. 비록 그 수가 전체 귀족 연합군에 비해 몇 분의 일인 4~5백 명 정도라 할지라도 그 기세는 귀족 연합군을 압도하고 있었다.

그도 그럴 것이, 그들은 느끼고 있었다. 힘이 불끈 솟아나고 기사들보다 더 빨리 달릴 수 있음을 말이다. 그것은 마법이었다. 지금껏 그 누구도 펼치지 않은 마법이었다.

하나 아군에서 순식간에 적으로 변한 병사들의 돌변은 귀족 연합군 측에서 보자면 재앙과 같았다. 단지 그 수가 4~5백

명이라는 것은 중요하지 않았다.

전투 중이다. 전투 중에 변절한 것이다. 그 파급 효과는 대단히 지대하여 연속적으로 검을 거꾸로 드는 병사들이 늘었고, 아군의 사기는 급전직하하기 시작했다. 기사들이 다그쳐 보았지만 별무소용이었다.

왜냐하면 전장에는 그녀만 있는 것이 아니었기 때문이다. 그녀가 있었고, 제논의 의형제인 스웬슨이 있었다. 그의 두 거대한 배틀 엑스가 허공을 날 때마다 작게는 수 명에서 많게는 수십 명의 기사와 병사, 그리고 말이 통째로 잘려 나갔다.

그리고 스웬슨은 두 개의 배틀 엑스를 휘두를 때마다 독백처럼 말을 하고 있었다. 그 독백은 비명과 고성이 오가는 전장에서도 병사들과 기사들의 귓속에 아주 또렷하게 들렸다.

"나는 스웬슨 패트리아스라 한다. 제논 패트리아스 백작 각하의 의제이지. 의제라고 하니 이상한가. 맞다. 나는 평민이었다. 그것도 산적이었지."

콰직!

"커허억!"

기사가 타고 있던 말과 함께 두 동강이 나버렸다. 기가 질릴 정도의 무지막지한 힘이었다. 그의 체구만큼이나 어마어마한 거력이라고 할 것이다.

"내 의형은 그런 사람이다. 일자무식인 산적조차도 마음이 맞으면 의제로 받아들 수 있는 그런 사람이란 말이다."

콰가가가각!

배틀 엑스 한 개가 날았다. 수평으로 날아가는 배틀 엑스는 마상에서 검을 휘두르고 있는 기사들의 목을 늦은 가을날 추수하듯 쓸어 담고 있었다. 그리고 마치 부메랑처럼 다시 주인에게 돌아갔다.

"망설이는가? 도대체 무엇을 망설이는가? 후대를 위해 한 번쯤은 모험을 해보지 않겠는가? 자식 놈들에게까지 이 지겨운 노예로서의 삶을 물려주고 싶은 것인가?"

그 말이 결정적이라고 할 수 있었다. 클라렌스와는 또 달랐지만 묘하게도 병사들의 가슴을 뜨겁게 하는 스웬슨의 말이었다.

"무엇 때문에 이곳에 왔는가? 가족을 위해서 오지 않았는가? 헌데 그렇게 생각하는 가족들은 대체 지금 어떻게 살고 있는가? 내일 먹을 것은 있는가? 트리아스 자작이 승리한다면 과연 그런 걱정이 덜어질 것 같은가?"

"다, 닥쳐라!"

스웬슨의 시선이 기사에게로 향했다. 그리고 입꼬리를 슬쩍 말아 올렸다.

"너나 닥쳐, 이 씨불 놈아!"

"뭐, 뭣이라!"

퍼걱!

배틀 엑스가 그대로 기사의 머리를 찍어 내렸다. 순식간에 일어난 일임은 분명하였다. 뻔히 눈을 뜨고 있던 병사들조차 어떻게 배틀 엑스가 그 기사의 머리를 찍어 내렸는지 보지 못했으니까.

"그렇다면 백작이라고 달라질 것이라 생각하느냐? 밑져야 본전 아니겠나? 나는 지금껏 백작 성님과 일하면서 배곯은 적은 없다. 그것은 의형제를 맺기 전에도 그러했다. 보이지? 내가 보통으로 먹을 것이라고는 생각하지 마라."

스웬슨은 기사들이 보이지 않자 두 개의 그레이트 배틀 엑스를 어깨에 툭 걸치더니 걸음을 옮겼다. 길이 갈라졌다. 아무도 그를 막아서지 못했다. 하긴 막아서는 것이 불가능하기도 했다.

그의 키가 무려 3미터에 이른다. 기사가 말 위에 올라서 있다 해도 스웬슨의 눈높이를 맞출 수 있을지 의문이 들 정도이니 말이다.

"그리고 내 작위는 남작이다. 백작 성님이 선물이라고 주더군. 그렇다고 뭐 영지가 있거나 그러진 않는다. 왜냐고? 골치 아프잖아. 나 먹고살기도 바빠 죽겠는데 무슨 얼어 죽을 영지냐?"

그의 말에, 검과 창을 들고 극도로 긴장해 있던 병사들이 피식 피식 웃었다. 마치 이곳이 전장이라는 것을 잊어먹기라도 한 듯이 말이다.

그리고 그가 지나간 뒤 자연스럽게 병사들이 그를 따랐다. 멀리서 그러한 모습을 바라보고 있던 리오스 남작과 클레인 남작은 그저 입을 떡 벌릴 수밖에 없었다.

비록 백작의 휘하에 있지만 이건 해도 해도 너무한 것 같았다. 적병을 설득해 아군으로 만들어 버리다니 말이다. 도대체 이런 생각을 누가 했는지 모를 일이었다.

그리고 솔직히 리오스 남작은 조금은 패트리아스 백작을 시험하는 마음도 있었다. 과거의 검과 방패이던 가문을 잇기는 했지만 과연 그가 진정한 검과 방패가 될 수 있을까 하는 생각에서 말이다.

과거의 영광을 현세에 실현시키기란 쉽지 않았다. 전대 패트리아스 백작 본인이 다시 살아 돌아온다 할지라도 불가능할 수도 있음이다. 그런데 당대의 패트리아스 백작은 아주 보란 듯이 모든 것을 자신에게 유리한 쪽으로 바꾸고 있었다.

사방에서 꾸역꾸역 몰려드는 방수들을 정리하고, 그들에게 맞는 방법을 제시하고, 아무것도 없는 적중에서 아군을 만들어내고 있는 것이다.

그리고 여자라 무시했던 이도, 괴물이라 어처구니없어 쳐다보던 이도 상상을 뛰어넘고 있었다. 특히 패트리아스 백작

과 그의 좌우 검이라 할 수 있는 클라렌스와 스웬슨의 활약에
가려 제대로 그 모습을 볼 수 없던 라이칸 기사들은 또 어떠
한가? 그들은 한마디로 괴물이었다.

멀리서 보아하니 그 빠름도 빠름이지만 두 손에서 뻗어 나
온 날카로운 클로는 적의 진영을 완전히 무너뜨리기에 부족
함이 없었다. 리오스 남작과 클레인 남작이 보는 제논은 불가
능하던 전투를 완벽하게 승리로 이끌고 있었다.

그들이 보기에 제논이 거느린 무력은 가히 절대적이라 해
도 과언이 아니었다.

'저들이 과연 인간일까?'

그들은 그렇게 생각했다. 아군임에도 불구하고 전율스러
운 무력에 의심하고 있는 것이다. 아군임에도 그러할진대 그
것을 지켜보는 트리아스 자작의 심정은 대체 어떠할 것인가?

그들은 아직도 정신을 차릴 수가 없었다. 인간이 아니었
다. 저것은 마계의 마왕이지 절대 인간일 수 없었다. 인간이
라면 저럴 수 없었다. 인간이라면 지쳐야 한다.

그런데 지치지도 않고 자신들의 병사를 꼬드겨 검을 거꾸
로 쥐게 만들고 있다. 사기는 급속하게 떨어지고 있고, 검을
거꾸로 든 병사들은 점점 늘어났으며, 기사들은 죽어나가고,
귀족들은 오줌을 지린 듯 비릿한 냄새를 풍기고 있다.

"자작 각하!"

"…말해보게."

"…후일을 기약하심이……."

트리아스 자작이 길라스피 남작에게로 시선을 돌렸다. 길라스피 남작의 안색은 창백하기 그지없었다. 마치 죽을병에 걸린 것처럼 핏기 하나 없는 그런 모습이다.

고개를 저어버렸다. 이미 전쟁은 끝이 났다. 그에 트리아스 자작은 주변을 둘러보았다. 살아남은 몇몇 귀족이 보인다. 그중에는 한쪽 팔이 잘려 나간 필립스 남작이 있었고, 적의 화살에 맞았는지 애꾸가 되어버린 벨트란 남작이 있었다.

"무슨 소리를 하는 것이오! 죽읍시다! 그렇게 치욕적으로 살기보다는 이곳에서 죽읍시다!"

잘려 나간 팔에 붕대를 칭칭 감아 돌린 필립스 남작이 이를 악물고 외쳤다. 그의 눈에는 오기가 깃들어 있었다. 팔 한쪽을 베어간 적 기사 놈을 반드시 죽여 버리겠다는, 오기를 넘어선 광기 말이다.

"그렇소! 물러설 수는 없지요! 끝장은 보아야지요!"

이번에는 벨트란 남작이다. 붕대로 눈을 감싸기는 했지만 여전히 핏물이 배어 나오고 있는 그의 얼굴이다. 그에 트리아스 자작은 씁쓸한 고소를 베어 물었다.

그리고 옆에 있던 길라스피 남작에게 귓속말을 했다.

'저들을 선봉에 세우게.'

작게 고개를 끄덕이는 길라스피 남작이다.

"당연합니다. 당연히 그리해야지요. 전력으로 갈 것입니다. 두 분이 선봉에 서시면 중군을 이끌고 그대로 두 분의 뒤를 따르겠습니다. 살아남은 기사를 수습해서 가시지요."

"좋소이다. 역시 트리아스 자작입니다."

그렇게 말하면서 몸을 돌려 세우는 필립스 남작과 벨트란 남작이다. 평소였다면 절대 따르지 않을 길라스피 남작의 말이었으나 광기와 분함이 골수까지 치민 두 남작은 앞뒤 가릴 것 없이 바로 승낙하고 출전할 준비를 했다.

그들을 가재미눈을 뜨고 바라보는 트리아스 자작이다. 길라스피 남작 역시 중군의 병력을 준비시켰다. 기사들과 병력을 정비한답시고 부산하게 움직였으나 실제 두 사람은 슬금슬금 뒤로 물러나고 있었다.

트리아스 자작과 길라스피 남작, 그를 호위하는 호위기사대만 움직이지 않을 뿐이다. 그런 준비는 빠르게 이루어졌다. 전장인 만큼 말이다.

"돌격하라! 돌격하라!"

"죽여랏! 적을 죽여라!"

병력을 정비하자마자 필립스 남작과 벨트란 남작은 지체 없이 전장의 한가운데로 돌격해 들어가기 시작했다. 그들은 기다릴 시간이 없었다. 오로지 자신의 팔과 자신의 눈을 빼앗

아간 적도를 죽여 없애는 것만 생각할 뿐이다.

"길을 열도록 하게."

"명을 따릅니다."

필립스 남작과 벨트란 남작이 진행하는 정반대 방향으로 움직이는 트리아스 자작과 길라스피 남작이다. 그들에게 필립스 남작이나 벨트란 남작의 목숨 따위는 아무것도 아니었다.

오로지 살아남는 것이 중요했다. 살아남는다면 어떻게든 재기할 수 있을 것이고, 재기한다면 복수를 할 수 있으니 말이다. 그들에게 귀족의 복수는 10년이 지나도 결코 늦지 않았다.

그들이 전장을 뒤로하고 후방으로 길을 여는 동안 복수에 눈이 먼 필립스 남작과 벨트란 남작은 중앙으로 뛰어들고 있었다. 어느새 트리아스 자작군 중 절반이 패트리아스 백작의 병사가 되어 있었다.

절반으로 갈리는 두 진영.

그리고 필립스 남작과 벨트란 남작은 한쪽만 남은 손과 눈으로 적의를 내비치며 제논을 향해 외쳤다.

"이노옴! 너의 목으로 내 팔을 대신하리라!"

"적에게 죽음을!"

제논 역시 기다리지 않았다.

"나는 승리할 것이고."

콰차자자장!

부딪쳤다. 세 명이 부딪쳤다. 순간 필립스 남작의 목이 하늘로 떠올랐고, 벨트란 남작은 말안장과 함께 그대로 뒤로 튕겨나갔다. 그 모습이 어찌나 기묘한지 마치 세 명이 겨루는 전장에만 타임 슬립이 걸린 것처럼 느릿하게 전개되었다.

'정령 빙의(Elemental Possession)! 실프(Sylph)! 바람의 창(Wind Spear)!'

세상의 그 무엇도 잘라 버릴 수 있는 날카로운 바람의 창으로 변한 제논의 장창. 제논은 필립스 남작의 내지르는 검을 허리를 틀어 피한 후 실프가 빙의된 창을 그어 목을 베고, 약간 늦게 쇄도해 오는 벨트란 자작의 가슴을 향해 내질렀다.

두 번의 움직임에 두 개의 목이 떨어져 내리고 있다. 그것도 거의 찰나의 순간에 말이다. 필립스 남작의 목에서 느릿하게 방사형의 피분수가 튀어 올랐다.

"너희는 패배할 것이다."

그리고 제논의 강력한 힘에 의해 말안장째 뒤로 날려가는 벨트란 남작의 심장에서는 일직선으로 피가 뿜어져 나오고 있었다. 그들의 눈은 부릅떠져 있었다.

믿을 수 없다는 듯, 절대 있을 수 없다는 듯.

그렇게 두 귀족이 최후를 맞이했을 때 제논의 시선은 이미 두 명의 죽은 귀족에게 있지 않았다.

"트리아스 자작, 어디를 가는가?"

그대로 말과 함께 뛰쳐나가는 제논이다. 그가 향하는 곳은 트리아스 자작이 일단의 기사들과 함께 후방의 어느 지점으로 기묘하게 달아나고 있는 곳이었다.

"허억!"

제논의 외침에 등이 서늘해지는 트리아스 자작이다. 그의 얼굴이 창백해졌다.

"빠, 빨리……"

그저 다급하게 주변의 기사들을 재촉할 뿐이다. 평소에는 근엄하기 그지없던 그다. 하나 목숨이 경각에 달하자 그토록 자신을 따르던 귀족들을 버리고 달아나는 것이다.

"제가 막겠습니다."

"오오~ 에르체 경! 그, 그대만 믿겠소."

"강녕하시길."

그 말과 함께 뒤도 돌아보지 않고 말머리를 돌려 제논이 다가오는 방향으로 나서는 에르체 경이다. 또한 그를 따르는 몇 몇의 기사가 뒤를 쫓았다. 총 네 명의 기사.

트리아스 자작이 영 썩은 눈은 아니었던 듯 이렇듯 목숨이 경각에 처해 있음에도 그를 위해 목숨을 걸어줄 기사들이 있었다. 그들이 사라지고 나자 트리아스 자작은 결코 그들을 쳐다보지 않았다.

그저 빨리 이곳을 벗어나려고만 했다. 살아야 하니까. 에르체 경은 흘깃 자신을 본체만체하며 사라져 가는 트리아스 자작을 바라보았다. 그의 눈이 잠시 흔들렸지만 이내 마음을 다잡는 듯 입술을 질끈 깨물었다.

"주군에게!"

"영광을!"

에르체 경을 포함한 네 명의 기사가 외쳤다. 목소리는 비장하기 그지없었다. 그들은 이미 죽음을 예감했다. 자신이 그를 막아선다 하여도 잠깐 머물 뿐 막을 수는 없다는 것을 안다.

그러함에도 에르체 경을 포함한 네 명의 기사는 제논의 앞길을 막아섰다. 그들이 바라보는 제논은 기사 중의 기사요, 귀족 중의 귀족이었다. 다만 주군을 섬기고 있기에 그를 적대시할 뿐이다.

"멈춰라!"

"목을 내어라!"

그들이 기쾌하게 움직이면서 제논을 압박해 들어갔다. 순간 제논은 잠깐 망설였다. 이들은 지금껏 상대한 기사들과 달랐다. 상당히 정련된 느낌. 마나의 파장에서 느껴지는 것은 정갈하고 단단함이었다.

앞으로 나서는 그들의 시선과 제논이 시선이 부딪쳤다. 굳은 의지를 말하는 그들이 시선에 곧이어 제논은 창을 들어 올렸다.

'정령 빙의(Elemental Possession)! 샐리스트(Sallist)! 홍염의 진혼곡(Prominence Requiem)!'

화아아악!

불꽃이 피어오르며 제논을 향해 쇄도해 오는 네 명의 기사를 감쌌다. 붉게 피어나는 불꽃의 한가운데에서 네 명의 기사는 우뚝 멈춰 서고 말았다. 더 이상 전진할 수 없었기 때문이다.

전신을 불태우는 홍염. 뜨겁지도 아프지도 고통스럽지도 않았다. 그저 모든 의지를 거두어가 버렸다. 어떤 의욕도 생기지 않았다.

'잘 가시게.'

그때 그들의 뇌리에 울리는 편안한 목소리. 그에 네 명의 기사는 저도 모르게 미소 짓고 말았다. 어쩌면 이것이 마지막일지도 모른다는 생각을 하고 있던 그들이다.

아니, 이 불꽃이 꺼진다면 자신들은 반드시 죽을 것이다. 그러함에도 오랫동안 내부에서 간절히 갈망하던 음성이 그들에게 편안한 죽음을 맞이하게 했다.

'기사 제논 패트리아스 백작이 그대들의 충의(忠義)로움에 경의를.'

샤라라랑!

네 명의 기사 앞으로 살랑거리는 바람이 불었다. 그들은 그렇게 느꼈다. 그리고 그들은 서서히 재가 되어갔다. 발끝에서부터 서서히. 하지만 그들은 웃고 있었다. 자신들을 알아줬으니 그것으로 되었다는 듯이 말이다.

또다시 바람이 한 차례 더 불어왔을 때 그들은 재가 되어 사방으로 흩어졌다. 마치 수천 년 동안 억압되었던 영혼이 자유를 찾은 것처럼 자유롭게 회백색의 영혼을 남기고 하늘로 사라져 갔다.

그 모습을 잠깐 일별한 제논이다. 그는 아주 잠시 고개를 숙였다 다시 들어 올렸다. 그리고 말의 배를 찼다.

"하아!"

히히이잉!

말이 크게 울부짖었다.

두다다닥!

"비켜라!"

'정령 빙의(Elemental Possession)! 실라페(Sylaphe)! 영혼의 창(Soul Spear)!'

제논은 말을 달리며 이미 저 앞으로 멀리 사라져 가고 있는 트리아스 자작이 있는 곳으로 창을 집어 던짐과 동시에 빠르게 내달렸다.

쐐에에엑!

귀를 틀어막고 싶은 날카로운 소리가 전장을 울렸다. 병사들은 그저 바라보고 있을 수밖에 없었다. 기사들도 없는 상황에서 병사들이 할 수 있는 것이라고는 그저 바라보는 것뿐일 것이다.

한참을 앞만 보고 길을 열고 있던 트리아스 자작. 그런데 어느 한순간 갑자기 뒤통수가 따끔해지는 것을 느꼈다. 무언가가 자신을 향해 빠르게 다가오고 있음을 느꼈다.

트리아스 자작은 말을 몰아가고 있는 와중에도 그 궁금증을 참지 못해 기어코 고개를 돌려 뒤를 바라보았다. 그리고 그는 보았다. 자신을 향해 쇄도해 오는 하나의 빛줄기를.

그 빛줄기는 순식간에 트리아스 자작의 동공을 가득 채웠다.

"위험……."

곁을 지키고 있던 길라스피 남작이 본능적으로 트리아스 자작의 앞을 가로막았다. 그런데 빛줄기는 그대로 길라스피 남작을 관통하고 이어 정확하게 트리아스 자작의 심장에 틀어박혔다.

"커허억!"

믿을 수 없다는 듯이 길라스피 남작은 자신의 이마와 트리아스 자작의 심장을 정확하게 관통한 창을 내려다보았다. 트리아스 자작이 자신의 심장을 뚫고 삐죽 나온 창을 떨리는 손으로 잡아갔다.

터억!

"후욱! 후욱! 이익!"

부들!

창을 잡아 빼려 했다. 자신의 심장에서 흘러나온 피로 온통 적신 트리아스 자작의 손아귀에 굵은 힘줄이 돋아났다. 하나 제논이 던진 창은 마치 허락 없이는 빼낼 수 없다는 듯이 꿈쩍도 하지 않았다.

한 손이 안 되자 또 다른 한 손을 들어 마주 잡고 다시 용을 써보았다. 그러다 문득 그는 뒤를 돌아보았다. 길라스피 남작은 이미 이마를 관통당해 눈을 부릅뜬 채 죽어 있었다.

창간(槍杆)을 통해 검붉은 핏방울이 맺히며 느리게 떨어져 내리고 있었다. 트리아스 자작의 눈가가 잘게 떨렸다. 그의 얼굴에서는 점점 생기가 빠져나가고 있었다.

창백해진 얼굴, 탁한 눈동자, 과하게 힘을 썼던지 번들거리며 흘러내리는 땀까지 그는 서서히 죽어가고 있었다. 그리고 작은 떨림. 아주 작은 떨림이었으나 그 떨림은 이내 점점 커져 몸 전체를 진동시키고 있었다.

뚜거덕! 뚜거덕!

그때 트리아스 자작의 귓가로 아련하게 들려오는 말발굽 소리가 있었다. 고개를 숙이고 힘들게 숨을 내쉬고 있던 트리아스 자작은 말발굽 소리가 들리는 쪽으로 힘겹게 시선을 돌렸다.

"…패트… 리… 아스… 백자악!"

그의 곁으로 다가온 이는 제논이었다. 무심한 눈동자로 죽어가는 트리아스 자작을 바라보는 제논이다. 그에 트리아스 자작은 슬쩍 입꼬리를 말아 올리며 주변을 둘러보았다.

이미 전투는 끝이 나고 있었다. 많은 이들이 살아남았다. 그런데 웃기는 것은 자신의 편에 섰던 병사들이 검을 거꾸로 쥐고 백작의 편에 서서 전투가 마무리되고 있었다.

패트리아스 백작은 철저하게 기사들과 귀족들만 죽였다. 처음 등장할 당시 한꺼번에 1만 2천의 병력을 쓸어버렸던 것과는 전혀 다르게 말이다.

"…그들을… 믿는… 것이… 아니었거늘… 후우욱!"

점점 회색으로 물들어가는 트리아스 자작이다. 그가 말하는 그들이란 바로 오브레임 후작 가문일 게다. 그는 죽어가면서도 이 모든 것은 그들이 아니라 자신을 탓해야 함을 모르고 있었다.

모든 결정은 자신이 했다. 오브레임 후작 가문은 강요하지 않았다. 그가 오판을 하도록 단서를 제공했을 뿐. 하나 결국 그는 결정했다. 그 오염된 정보를 믿었고, 그는 자신이 믿고 싶은 것만 믿었고, 보고 싶은 것만 보고 듣고 싶은 것만 들었다.

남을 탓할 일이 아니다. 시류를 탓할 일도 아니다. 오로지 자신이 감당해야 할 몫이다. 사람을 잘못 알아본 그의 몫이고, 틀린 결정을 한 그의 몫이다. 남을 탓하지 말아야 했다.

그러함에도 불구하고 그는 죽음에 이르러서도 자신이 아닌 남을 탓하고 있었다. 트리아스 자작의 고개는 푹 수그러져 있다. 그의 입에서는 걸쭉한 핏물이 가늘고 길게 흘러내리고 있다. 죽은 것이다.

잠시 그를 본 제논이 옆을 바라보았다. 그때 제논의 시선과 트리아스 자작의 기사단장인 베를루스코니 경의 시선이 부딪쳤다. 불안정한 눈빛으로 그의 눈동자가 흔들렸다.

"어찌할 텐가?"

제논이 물었다. 그의 손에는 무기가 없었다. 하나 베를루스코니 경은 어떠한 행동도 할 수 없었다. 마치 오우거 앞의 고블린이 된 것처럼 말이다.

쨍그랑!

베를루스코니 경은 말에서 내려 검과 방패를 바닥에 던진 후 무릎을 꿇고 고개를 조아렸다. 그에 그를 따르던 기사 20명

역시 똑같이 행동했다. 저항 자체를 포기한 것이다.

제논이 고개를 들어 사방을 살폈다. 많은 이가 죽었으나 죽은 이보다 훨씬 더 많은 이들을 살려낼 수 있었다. 거기에는 클라렌스와 스웬슨의 역할이 지대했다.

그때 도개교를 통해 일단의 군마가 거침없이 달려오고 있었다. 그들을 바라보던 제논의 입가에 지극히 희미한 미소가 걸렸다. 하나 나타날 때보다 더 빠르게 사라지고 없었다.

"와하하핫! 아이작스 백작 가문의 기사 미하일로프 겜블이 패트리아스 백작 각하를 뵙습니다!"

그는 통쾌하게 웃고 있었다. 과거 아이작스 백작 가문에서는 좀체 볼 수 없는 그의 웃음이었다. 두 사람은 팔을 벌려 서로를 부둥켜안았다. 그것은 그들이 표현할 수 있는 최고의 반가움에 대한 표시였다.

잠시 그렇게 회포를 풀던 둘이 떨어지고, 제논의 곁으로 클라렌스와 스웬슨, 그리고 젠슨과 라이칸 기사들, 리오스 남작과 클레인 남작이 다가왔다. 그에 제논은 두 사람을 꼬치처럼 꿰었던 장창을 꺼내 들고 하늘 높이 치켜올렸다.

"제논 패트리아스 백작의 이름으로 명하노니, 승리의 함성을 질러라! 우리는 승리했다!"

"우와아아~!"

"우리가! 우리가 이겼다! 승리했다!"

"패트리아스 백작 각하 만세!"

"영주님 만세!"

지금 이 순간 제논은 두 가지를 한꺼번에 이룩하고 있었다. 전쟁의 승리와 민심의 확고부동한 지지를 얻어내고 있었다. 멀리서 전투에 참여했지만 전투가 혼잡해진 틈을 타 병력을 온전히 보존한 베베토 경은 지금 전율하고 있었다.

'과거의 영광이 다시 되살아났구나. 아니, 그는 이미 과거의 영광 따위는 뛰어넘은 지 오래구나.'

그는 그렇게 느꼈다. 발끝에서부터 전해져 오는 전율은 절대 그를 적으로 돌려서는 안 된다는 경고가 되어 뇌리 깊숙이 각인시키고 있었다. 그의 시선은 제논을 연신 연호하는 수많은 병사에게로 향해 있었다.

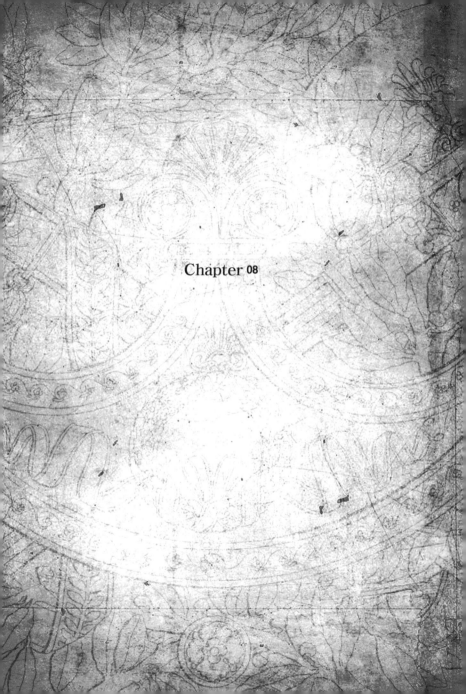

Chapter 08

"이게 가능하다고 생각하나?"

"……."

세 명의 사내와 한 명의 여인. 한 명의 사내와 한 명의 여인은 앉아 있고 두 명의 사내는 창백한 얼굴로 뻣뻣하게 서 있었다. 특히나 체구가 조금 작아 보이고 귀족의 일상복을 걸친 자의 모습은 그야말로 위태로울 정도였다.

"왜 말이 없는가, 페슬 자작? 질문이 어렵나? 단순히 이것이 가능하느냐, 불가능하냐를 묻는 것인데?"

"가, 가능합니다."

그렇게 말을 하면서도 창백한 이마에서 연신 흘러내리는 땀을 닦아내는 페슬 자작이다. 그는 그 순간 자신의 얼굴로 오브레임 후작의 시선이 날카롭게 꽂히는 것을 느꼈다.

"어떻게 가능하지? 몬스터 기사 두 개 기사단과 키메라 병사 2천이야. 이게 어떻게 가능하지? 이게 일반적인 기사들이 상대할 수 있는 전력인가?"

"라, 라이칸이라면 가능합니다."

"크르르르르."

오브레임 후작 가문 휘하 다크 울프 기사단의 총기사단장인 소리아노 경이 날카로운 이빨을 드러내었다. 그에 잠깐 움찔하는 페슬 자작이다.

페슬 자작이 비록 오브레임 후작의 책사로서 라이칸이 아닌 뱀파이어이지만 하급의 뱀파이어. 전투를 위한 종족인 상위 라이칸의 살기를 그대로 받아들이기에는 너무나 허약했다.

"라이칸이라… 라이칸! 혹 그들을 말하는 것인가?"

오브레임 후작의 말에 어색하게 웃으며 답을 하는 페슬 자작이다.

"이미 그것은 공공연한 비밀이지 않을까 합니다. 그가 아(我) 일족에게 그 지저분한 이빨을 내보인 지 어언 몇천 년이 지났습니다. 과거 레드 드래곤 카르베이너스에 의해 멸족할 정도의

타격을 입지 않았다면 결코 세상의 빛을 볼 수 없는 자였습니다."

페슬 자작의 말에 오브레임 후작의 미간이 살짝 찌푸려졌다. 그는 여전히 날카로운 이빨을 내보이며 페슬 자작에게 강한 적대심을 보이고 있는 소리아노 경을 슬쩍 보며 곤혹스러운 얼굴을 하였다.

현재 라이칸 일족은 둘로 나누어져 있었다. 주전파와 주화파. 주전파는 뱀파이어를 적대시하는 라이칸들이고 주화파는 여전히 뱀파이어의 명을 따르며 뱀파이어의 낮을 지키는 이들이다.

"그들이 활동을 시작한 것인가?"

"활동은 오래전부터 하고 있었습니다. 다만 아 일족의 대외 행사에 적극 개입한 것은 처음 있는 일이라 할 수 있습니다."

마치 확신하듯이 말하는 페슬 자작이다. 그에 무표정하게 듣고 있던 크리스티나 후작 부인이 입을 열어 나직하게 물었다.

"확신하나요?"

그녀는 폭발할 것 같은 유혹적인 모습을 하고 있었다. 지극히 퇴폐적인 아름다움으로 같은 뱀파이어라 할지라도 심장을 뛰게 할 정도의 모습이다.

"예. 예상입니다만… 아마 조사단을 파견하면 알 수 있을 듯합니다."

페슬 자작은 요동치는 자신의 심장을 겨우 진정시키고 오브레임 후작 부인의 말에 답했다. 하지만 오브레임 후작과 후작 부인은 여전히 그의 답에 만족하지 않는 듯했다.

"결국 지금의 말은 페슬 자작의 개인적인 예측이라는 것이군요."

"아, 아닙니다. 주전파인 안토노프의 심복 중의 한 명이라 할 수 있는 젠슨이라는 자가 약 3백의 라이칸 무리를 이끌고 사라졌다고 합니다. 허나 아직 그들의 움직임이 관찰된 곳은 없습니다."

페슬 자작은 다급하게 입을 열었다. 어떻게 해서든지 자신의 실책을 만회하려 노력하는 모습이다. 그렇지 않아도 창백한 뱀파이어 일족이다. 그런데 당황하고 특히나 조금은 허약해 보이는 페슬 자작의 지금 모습은 그야말로 처참할 지경이었다.

보통의 이들이 그를 본다면 모성애를 자극하고 측은지심이 일겠으나 이들은 보통의 이들이 아닌 뱀파이어와 라이칸 슬로프였다. 그러한 그들에게 병약해 보이는 페슬 자작의 모습은 측은지심을 일으키는 것이 아니라 나약한 자의 몸부림으로 보였다.

"그런데… 그들의 행적이 발견되었다 이 말인가?"

"그, 그것은 조사단을 파견해야……."

"그것 역시 확실하지 않군. 아무래도 페슬 자작이 너무 오랫동안 그 자리에 앉아 있었던 것 같군."

"부, 부디… 커헉!"

말을 하다 말고 페슬 자작은 목을 옆으로 꺾으며 부들부들 떨어댔다. 의자에 앉아 그의 말을 경청하고 있던 오브레임 후작이 어느새 페슬 자작의 목을 단단한 이빨로 차지하고 있었다.

"끄으으윽!"

안타깝고도 고통스러운 페슬 자작의 신음 소리가 들려왔다.

휘이익!

쿠당탕탕!

"케헤엑!"

오브레임 후작은 페슬 자작의 목을 물고 있던 그대로 집어던져 버렸다. 그에 집무실 끝까지 날려가 벽면에 심하게 부딪친 페슬 자작이다. 그는 그대로 절명한 듯 보였다.

"허약하기는 하지만 그만큼 머리를 잘 이용하는 자는 없어요."

그 모습에 이맛살을 접으며 말하는 크리스티나 오브레임

후작 부인이다. 그에 오브레임 후작은 잠시 그녀를 바라보았다. 폭발할 것 같은 염기와 함께 포식자의 기세가 자연스럽게 흘러나온다.

"으으음!"

그에 나직한 신음을 내뱉는 오브레임 후작이다. 1세대 뱀파이어와는 전혀 다른 그녀의 모습이다.

'젠장맞을 진혈!'

그러했다. 크리스티나는 진혈 뱀파이어였다. 헤밀턴 공작 가문의 직계는 모두 진혈 뱀파이어였다. 1세대 뱀파이어가 아무리 강하다 해도 그 피의 전승은 결코 뛰어넘을 수 없었다.

오브레임 후작 가문이 알리스타 오브레임의 가문이기는 하나 실질적으로 1세대 뱀파이어인 알리스타 오브레임이나 1세대 라이칸 슬로프인 라파엘 소리아노 경은 크리스티나 오브레임 후작·부인에 의해 움직인다고 봐도 무방했다.

"그는 그 정도에 죽을 정도로 약하지 않소."

"물론 그렇지요."

"버러지처럼 꿈틀거리지 말고 일어나도록."

그에 죽은 것처럼 미동조차 하지 않던 페슬 자작의 몸이 꿈틀거린다. 진한 혈향을 풍기며 목에 생겼던 동그란 구멍이, 언제 그랬느냐는 듯이 순식간에 메워지며 예의 창백하고 나약한 모습으로 일어서고 있다.

"대책을 말하라!"

"다크 트와일라트(Dark Twilight) 한 개 조면 충분할 것입니다."

"다크 트와일라트라……."

오브레임 후작이 나직하게 말을 흘리며 크리스티나 오브레임 후작 부인을 바라보았다. 오브레임 후작 가문에는 크게 두 개의 무력 단체가 존재했다. 하나는 라이칸 슬로프로 이루어진 다크 울프(Dark Wolf) 기사단이고, 다른 하나는 뱀파이어로 구성된 다크 트와일라트 기사단이다.

한데 그 소속이 달랐다. 다크 울프 기사단은 온전하게 오브레임 후작 가문의 무력 단체였으나 다크 트와일라트 기사단은 달랐다.

크리스티나 오브레임 후작 부인이 오브레임 후작과 결혼을 하면서 개인적으로 그녀를 호위하기 위해 보내온 헤밀턴 공작 가문의 기사들이었다. 때문에 그들은 오로지 크리스티나 오브레임 후작 부인의 명만을 따랐다.

그리고 페슬 자작이 라이칸 슬로프로 이루어진 다크 울프 기사단을 추천하지 않고 다크 트와일라트 기사단 한 개 조를 원하는 것은 뱀파이어 특유의 마법적인 능력과 피의 전승 때문이었다.

전투가 이루어진 전장에서 빼놓을 수 없는 것은 역시 피다. 그 피가 굳어졌든 생생하게 살아 질척한 웅덩이를 만들든 간에 말이다. 사체가 없을지라도 피는 남는다.

또한 패트리아스 백작 가문의 영지에 들어간다는 것은 지금의 상황에서는 지극히 위험하다 할 수 있었다. 그곳에서는 동족이라면 몇십, 혹은 몇백 킬로미터 거리에서도 귀신같이 찾아내는 라이칸 종족이 있을지도 모르기 때문이다.

"허락하지요. 허나 결과가 자작의 말과 다르다면 각오해야 할 것이에요."

"무, 물론입니다."

그대로 허리를 꺾는 페슬 자작이다. 그것은 거의 반사적으로 이루어지고 있었다. 그 모습에 오브레임 후작은 눈살을 찌푸렸다. 분명 자신이 이 후작 가문의 주인이거늘, 그들이 향하는 존경의 대상이 잘못된 것 같은 생각이 들어서였다.

"나가보도록."

"명을 받듭니다."

날이 선 오브레임 후작의 명이다. 그들이 모두 나간 후 오브레임 후작은 거대한 창문으로 걸어가 뒷짐을 지고 밖을 내다보았다. 그때 그의 등 뒤에서 뭉클하게 다가오는 따스한 감촉이 있었다.

뿌리치고 싶었으나 도저히 뿌리칠 수 없는 무언가가 그의 전신을 휘감고 돌았다. 향긋하고 매혹적인 향기가 코끝을 간질였다. 크리스티나의 가냘프고 나긋한 팔이 뒤에서 앞으로 향했고, 미끄러지듯 그의 가슴속을 파고들었다.

"으음!"

그녀의 뜨거운 입김이 오브레임 후작의 귓가로 밀려들었다.

"오브레임 후작 가문의 주인은 누가 뭐라 해도 당신이에요. 나는 그저 거들 뿐."

그녀의 달콤한 혀가 심장을 움직였다. 살짝 찌푸려졌던, 심기가 불편했던 오브레임 후작의 안색이 되돌아왔다. 그의 귓가에는 여전히 그녀의 뜨거운 입김이 폭풍처럼 휘몰아치고 있었다.

*   *   *

"훗! 이건 대단하다고 해야 하나?"

코린 왕국의 왕궁 깊숙한 곳, 팔레티 국왕이 눈앞에 펼쳐져 있는 보고서를 읽은 후 의자에 등을 깊숙이 묻고서 한 첫 마디이다. 감탄조의 말이었으나 어쩐지 그 말 속에는 무언가 꼬인 듯한 뉘앙스가 내포되어 있었다.

탐탁지 않았다. 그저 시간 벌기용으로 사용하고자 했다.

의도는 제대로 맞아 들어갔다. 헤밀턴 공작 가문의 충견이라는 말을 듣는 오브레임 후작 가문이 움직였다.

그것은 그들의 시선이 왕궁에서 패트리아스 백작에게로 향했다는 것을 의미했다. 그에 국왕은 재빠르게 행동에 들어갔다. 여기저기 흩어져 있던 귀족들과 은밀하게 만나고, 그들을 자신의 편으로 끌어들이기 시작했다.

물론 아직 가시적인 효과가 드러난 것은 아니지만 과거 코린 왕국의 검이자 방패이던 가문의 복권은 상당한 파급력을 지녀, 중립을 지향하던 상당수의 귀족이 호의적으로 변하고 있는 것은 사실이었다.

그래서 상당히 만족하고 있었다. 자신이 꺼낸 패가 주효하고 있었기 때문이다. 그런데 갑자기 불안감이 몰려들었다. 자신이 꺼낸 패, 즉 쓰고 버릴 패가 조금 위험하다는 생각이 든 것이다.

그를 중심으로 과거 제거되었던 세력들이 몰려들고 있었기 때문이다. 30년 전의 과거 세력은 물론 15년 전 몰락했던 이들도 모여들고 있었다. 30년 전이라면 이미 오래된 과거라 할 수 있다.

그들이 남아 있으면 얼마나 남아 있을까? 그들은 인정할 수 있었다. 왜냐하면 그들은 오로지 패트리아스 백작 가문의 세력이었고, 존재한다 하더라도 이미 30년이라는 시간이 지났기 때문이다.

세력이 얼마나 될까? 솔직히 처음에는 그것이 관심사였다. 하나 생각 외로 굉장했다. 일순간에 5만이 넘는 귀족 연합군을 박살 낼 정도로 말이다.

그것까지는 인정할 수 있었다. 그런데 15년 전의 세력이란 대체 뭐란 말인가? 어떻게 보면 그것이 자신에게 경고를 보내는 것 같았다. 패트리아스 백작은 그가 직접 가신으로 삼은 아리에 와르셀 남작이 블랙 맘바의 2인자라는 것을 안다.

그리고 지금쯤은 블랙 맘바라는 어쌔신 길드가 왕국에 어떠한 존재인지 인지하고 있을 것이다. 그러함에도 불구하고 마치 보라는 듯이 과거의 잔재를 모으고 있는 패트리아스 백작이었다.

아무런 거리낌 없는 행동에 오히려 당황스러운 것은 그를 복권시킨 코린 왕국의 국왕이었다. 자신이 주인이다. 한낱 사냥개가 주인을 마치 지나가는 파리 보듯 쳐다보고 있는 것이다. 거기에 날카로운 이빨을 들이밀며 주인을 겁박하고 있다.

'설마 그자가 변절한 것일까?'

고풍스럽게 마련된 책상을 손가락으로 톡톡 치며 생각에 잠긴 팔레티 코린 국왕이다.

"어떻게 생각하오?"

"솔직히 예상 외로 대단한 전력이었습니다. 설마 전장에서 적을 아군으로 만들 줄은 몰랐습니다."

팔레티 국왕과 그의 책사인 가스너 백작은 솔직히 감탄하고 있었다. 그리고 귀족 연합군과 전투를 치른 패트리아스 백작의 모든 것을 너무나도 상세히 알고 있었다.

그런데 그것이 더 두려웠다. 모를 리 없는 패트리아스 백작이다. 그러함에도 마치 보란 듯이 모든 것을 내보이는 그였다. 그러하기에 가스너 백작은 지금 심히 갈등하고 있었다.

'대체 무엇을 더 감추고 있느냐?'

그러했다.

가스너 백작의 직감에 패트리아스 백작은 무엇인가를 감추고 있었다. 빤히 보임에도 불구하고 그 감춘 것을 볼 수 없었다. 그래서 답답하고 화가 났다. 자신이 파악할 수 없는 것이 있다는 것에 대해 말이다.

그때 둘만의 공간에 문이 열리고 몇몇의 인물이 안으로 들어왔다. 블랙 맘바의 수장인 마이클 레빗과 특수작전국 국장인 아담 라로쉬, 그리고 국방대신인 세라지오 버넹키 백작과 왕실 근위 총기사단장인 제프리 치에사 백작, 내무대신 미치 매코넬 후작이 들어오고 있었다.

"어서들 오시게."

국왕의 말과 함께 비었던 자리가 모두 가득 찼다. 자리에 앉고도 사람들은 쉽게 입을 열 수 없었다. 상당히 무거운 침묵이라 할 수 있었다. 그것은 아마 팔레티 국왕의 심정이 그러하기 때문일 것이다.

"크음. 오늘 보자고 한 것은 그동안의 경과와 헤밀턴 공작 가문의 동향에 대해 논하고 후일을 도모하기 위함이오."

팔레티 국왕이 무겁게 입을 열었다.

"신 특수작전국 국장 아담 라로쉬가 먼저 아뢰겠사옵니다."

"그리하시오."

고개를 끄덕이며 허하는 팔레티 국왕이다. 실제 이 모든 작전은 블랙 맘바와 특수작전국에서 행하고 있는 바, 지금에 있어서 국방대신보다 더 큰 발언권을 가지고 있다 해도 과언이 아니었다.

비록 작위도 없고 직위도 작전국의 국장에 불과하지만 여기 있는 그 누구도 그를 함부로 대할 수는 없었다.

"현재 작전국에서 접촉하고 있는 귀족은 총 열세 명으로 북부 세 명, 남부 다섯 명, 서부 세 명, 동부 두 명이옵니다. 동부는… 실질적으로 헤밀턴 공작 가문의 수중에 떨어진 상태인지라 접촉이 쉽지 않사옵니다."

"그래, 성과는 어떻소? 국장의 성정으로 보자면 거의 확정

된 귀족들이라 봐도 무방할 것 같소만."

"그렇사옵니다. 동부의 귀족 두 명은 조금 유동적이기는 하오나 나머지 북부와 남부, 그리고 서부의 귀족들은 거의 확실시되고 있사옵니다."

"훌륭하오."

불과 한 달도 되지 않는 시점에서 열한 명의 귀족을 포섭했다는 것은 실로 대단한 실적이라 할 수 있었다. 그에 팔레티 국왕의 얼굴에는 푸근한 미소가 떠올라 있었다.

만족한 것이다. 그에 이곳에 들어와 딱딱하게 얼굴을 굳히고 있던 이들의 얼굴이 살짝 펴지기 시작했다. 경직되었던 분위기가 국왕의 표정에 따라 급격하게 풀려 나가고 있음이다.

"추가로 보고할 사항이 있소?"

"북부의 세 귀족 중 한 명인 로버트 아인혼 자작이 이번에 이웃 영지인 존 케리 자작과 영지전을 벌일 생각을 가지고 있사옵니다. 이에 국왕 전하의 도움을 요청하고 있사옵니다."

"흠. 영지전이라……. 승리할 확률은 어찌 되오?"

"도움을 주지 않는다면 절반의 성공일 것이고, 도움을 준다면 8할 이상의 성공이옵니다."

작전국 국장의 의견에 고개를 끄덕이는 팔레티 국왕이다.

8할의 성공이라면 도움을 주면 필승이라는 말이다. 성공한다면 귀족파의 귀족은 줄겠지만 자작의 영지를 흡수한 만큼 백작으로도 승작이 가능해 아군에게는 상위 귀족이 한 명 더 생기니 상당한 이득이라 할 수 있었다.

"지원할 전력이 있소?"

팔레티 국왕은 고개를 돌려 국방대신을 바라보며 물었다.

"가용 전력은 없사오나 북부라면 이번에 합류한 아이작스 백작 가문과 크레센트 자작 가문이 있는 곳이옵니다. 특히 두 가문은 영지전 이후 급속하게 가까워져 엘로드 강 유역을 개척하는 데 힘을 합하고 있다고 하옵니다."

"오오, 그렇소? 듣던 중 반가운 소리로군요."

짐짓 놀랍다는 표정을 지어 보이는 팔레티 국왕이다. 코린 왕국의 지존인 그다. 그가 새롭게 급부상하는 신흥 강자인 아이작스 백작 가문에 대해 모른다는 것이 말이 안 된다.

욕심은 많으나 그 욕심만큼 인재를 알아보는 눈이 탁월한 그였다. 비록 패트리아스 백작에 대한 눈은 여전히 탁하기 그지없으나, 그 이외에는 상당한 인재들을 자신의 수하로 끌어들이고 있는 팔레티 국왕이었다.

"국방대신이 그 두 가문을 입에 담은 것은 아이작스 백작과 크레센트 자작을 그 영지전에 지원코자 함인 것이오?"

"그러하옵니다."

국방대신의 생각을 바로 파악한 팔레티 국왕이다. 하나 조금은 난감한 표정을 짓고 마는 팔레티 국왕이다.

"그들이 신흥 강자인 것은 사실이오. 허나 그 기간이 너무 짧소. 과한 것은 아니함만 못할진대 그들을 잃을 수가 있음이오."

힘들게 얻은 전력이다. 그런데 영지전을 지원하게 함으로써 그들의 전력을 깎아내려 오히려 국왕파의 세력을 약화시킬 우려가 있음을 짚는 팔레티 국왕이었다.

"그들은 엘로드 강 유역의 몬스터는 물론이고 현재는 하드락 산과 포티너 산까지 그 개척지를 넓힌 상황이옵니다. 더군다나 그중 아이작스 백작 가문은 철광산을 발견하여 신흥 강자이기는 하오나 그 전력이 의외로 탄탄하다 판단되옵니다."

국방대신의 말에 고개를 주억거리는 팔레티 국왕이다. 확실히 아이작스 백작 가문은 지금 당장이라도 국왕파의 주 전력감이기는 했다. 짧은 시간임에도 불구하고 그들은 이해할 수 없을 정도로 강한 영지군을 가지고 있기 때문이다.

"흐음. 그렇다면 그들을 한번 믿어보도록 하지요. 또한 영지전에 승리한다면 그들에게 그만큼의 보상이 있어야 할 것이오."

"물론이옵니다. 사실 그들은 영지에 비해 영지민이 상당히 모자란 형편이옵니다. 해서 이번 영지전을 승리하면 그들에게 무상으로 영지민, 혹은 노예를 제공할까 옵니다."

"좋군. 그렇다면 허락하는 바이오."

"주군의 뜻대로 이루어질 것이옵니다."

하나의 안건이 끝이 났다. 하지만 팔레티 국왕은 이제 시작이었다. 결정해야 할 일이 한두 가지가 아니었으니 말이다.

"허고, 헤밀턴 공작 가문의 반응은 어떻소?"

여전히 팔레티 국왕의 시선은 특수작전국의 국장인 아담 라로쉬에게로 향해 있었다. 그가 가장 중요한 인물이라고 생각하는 이유는 바로 이 때문이었다. 그의 특수작전국이 관여하지 않는 작전이 없기 때문이다.

"그들은 별다른 움직임을 보이지 않고 있사옵니다. 다만 그들의 충견이라 일컬어지는 오브레임 후작 가문이 조금은 부산해지고 있사옵니다."

"그것은 아마… 패트리아스 백작 때문이겠지요?"

"그러하옵니다."

그렇게 말을 하면서도 여전히 껄끄러워하는 팔레티 국왕이다. 시선을 돌릴 용도의 패트리아스 백작이 의외로 선전을 하고 있다. 그것이 왠지 마음에 안 드는 팔레티 국왕이다.

"들기로는 이번 반란을 오브레임 후작 가문에서 충동질했다 하던데 말이오."

"실제 그들은 두 개 몬스터 기사단과 2천의 키메라 병사를 지원했다 하옵니다."

"거참, 무슨 몬스터 기사단이니 키메라 병사이니 하는 이름조차 생소하구려."

기실 그러했다. 보통 기사단은 용맹스러운 이름이 대부분이다. 와이번 기사단이니 혹은 블랙 울프 기사단이니 이렇게 말이다. 그리고 병사들은 아예 이름조차 짓지 않았다.

그런데 키메라 병사란다. 무슨 고대 흑마법사들이 만들어낸 키메라도 아닌데, 일개 병사들에게 키메라 병사라 부르는 연유를 알 수 없었다.

"어찌 되었소?"

"그것은 신이 말씀드리겠사옵니다."

"오~ 그래, 마이클 레빗 마스터구려. 실제 패트리아스 백작의 측근으로 블랙 맘바의 특수요원을 잠입시켰다는데 어디 한번 들어보겠소."

"예. 사건 경과를 말씀드리자면⋯⋯."

그렇게 시작된 마이클 레빗의 말은 장장 두 시간 동안이나 계속되었다. 그런데 그의 말을 듣는 국왕의 얼굴이 가히 좋지 않았다. 아니, 오히려 딱딱하게 굳어가고 있었다.

"그게 사실이오?"

"틀림없는 사실이옵니다."

"그게 말이 된다고 생각하시오?"

"······."

사실 마이클 레빗조차도 보고서를 보기는 했으나 믿기 어려웠다. 그래서 어떻게 말을 할 수 없었다. 그렇다고 친우인 아리에의 보고서가 잘못되었다고 하기에도 뭐했다.

그는 철저하게 사실만을 기입한 보고서를 알렸으니 말이다.

"그것이라면 소신이 첨언할 것이 있사옵니다."

그때 특수작전국 국장인 아담 라로쉬가 신중하게 입을 열었다. 모두의 시선이 그에게로 향했다.

"듣겠소."

"고하겠사옵니다."

아담 라로쉬는 굳은 얼굴로 입을 열었다. 그는 자신이 알고 있는 과거에서부터 차근차근 국왕에게 말할 작정이었다. 이 것은 모두가 알고 있는 사실이지만 애써 부정하고 있는 사실 이기도 했다.

"국왕 전하께옵서는 15년 전 제거된 특수작전국을 아실 것 이옵니다."

"그렇소. 때문에 과인이 왕위에 올라 힘을 가지고 가장 먼저 한 것이 바로 특수작전국의 재건이라 할 수 있소."

국왕의 말에 고개를 끄덕이는 아담 라로쉬였다. 특수작전국이 재건된 절차를 너무도 잘 알고 있는 탓이다.

"그때 특수작전국이 폐지된 연유가 무엇인지 아시옵니까?"

"그거야… 반인륜적인 실험에 대한 폐단이라고 알고 있소."

반인륜적인 실험에 대한 폐단. 그것은 바로 키메라 요원에 대한 실험을 말하는 것이다. 그 실험에는 수없이 많은 남녀노소가 동원되었다. 결국 그 기밀을 헤밀턴 공작이 알아 국왕을 압박하고, 귀족들의 권력을 강화할 목적으로 정략적 공격을 함으로써 특수작전국이 폐지된 것이었다.

"그 반인륜적인 실험의 결과물이 어떻게 처리되었는지 아시옵니까?"

"작전을 나간 요원들은 정보를 흘림으로써 제거되었고, 작전을 나가지 않은 인원은 헤밀턴 공작이 직접 처단한 것으로 알고 있소."

국왕의 말에 무겁게 고개를 끄덕인 아담 라로쉬였다. 이것이 세상이 알고 있는 특수작전국의 폐지에 대한 사실이었다.

"헌데 그것이 대체 지금의 상황과 무슨 관계가 있는 것이오?"

"보셨사옵니까?"

"무엇을 말이오?"

"반인륜적인 실험의 결과물을 제거하는 것과 그 연구물을 폐기하는 과정을 모두 보셨사옵니까?"

"……."

그의 말에 얼굴을 딱딱하게 굳히며 입을 닫고 마는 국왕이다. 보지 못했다. 그저 보고를 듣기만 했다. 사실 그때는 자신이 확인할 수도 없었다. 자신은 아무것도 할 수 없는 국왕이었으니까.

"설마……."

"그렇사옵니다. 키메라 병사, 그들일 것이옵니다."

"예상이오, 아니면 확신이오?"

"확신이옵니다."

"무엇을 들어 확신하는 것이오?"

"제논 패트리아스 백작 때문이옵니다."

또다시 거론되는 패트리아스 백작이란 말에 안색을 찌푸리는 팔레티 국왕이다. 그가 끼이지 않은 곳이 없었다. 모든 사건과 경과에 그가 거론되고 있었다.

"무엇 때문에……."

"그는 전 특수작전국 퍼플 등급 작전조의 일곱 번째 요원이었습니다."

"……!!"

국왕을 비롯한 모두의 눈이 더 이상 커질 수 없을 정도로 커지고 있다. 단순한 특수작전조도 아니고 퍼플 등급의 요원이었다니, 대체 어떻게 그가 특수작전조에 들어갈 수 있었단 말인가?

끊임없는 의문이 꼬리에 꼬리를 물고 모두의 뇌리를 장악하기 시작했다.

"허면 그는……."

"소신이 만났을 때 그는 이미 단순한 키메라의 단계를 뛰어넘어 있었사옵니다."

"그 말은 설마……."

국왕이 아닌 마이클 레빗이 물어왔다. 마이클 레빗이 생각하는 대로라면 가능했다. 그 모든 것이 말이다.

"아마 블랙 맘바의 수장이신 레빗 마스터의 생각이 맞을 것입니다. 저는 그의 앞에서 손가락 하나, 머리카락 한 올조차도 제 마음대로 할 수 없었기 때문입니다."

"어찌 그럴 수가……."

절망적인 목소리가 흘러나왔다. 그는 다름 아닌 팔레티 국왕이었다. 하나 이어지는 특수작전국 국장의 말에 그는 더욱더 깊은 절망감을 맛보아야 했다.

"그리고 헤밀턴 공작은 자신을 따르는 귀족들을 그 완성된 키메라 제조법으로 병사로 만들고, 귀족들과 기사들의 역량을 키웠을 것이라 판단되옵니다. 소신의 개인적인 생각으로 패트리아스 백작은 그것에 대해 어느 정도 알고 있을 것이라 판단되옵니다."

"끄으응!"

결국 앓는 소리를 내고야 마는 팔레티 국왕이다. 결국 자신이 생각을 바꾸어야만 한다는 판단이 서기 시작한 팔레티 국왕이다. 잘못하면 헤밀턴 공작보다 더한 적을 만들 수 있음을 직감했기 때문이다.

"그를 순수하게 끌어안아야 한다는 말이로구려."

"그렇사옵니다."

"허나 그는 위험하오."

팔레티 국왕이 왜 그를 이토록 배척하는지 아담 라로쉬는 잘 알고 있었다. 선대 국왕이지만 패트리아스 백작 가문을 멸문시킨 것은 분명 그의 아버지였다.

복수에 대한 의념. 그것이 과연 세월이 흐름에 따라 희석되었을까 묻는다면 팔레티 국왕은 절대 아니라고 할 것이다. 아담 라로쉬의 말을 들은 팔레티 국왕은 오히려 더 패트리아스 백작을 경계하기 시작했다.

그는 지옥과도 같은 시간을 보냈다. 가문이 멸문당하고, 연인을 빼앗기는 것도 모자라 반인륜적인 실험을 통해 인간이 아닌 인간이 되었고, 그렇게 30년의 시간을 살아온 것이다.

자신이라면 과연 그 긴 시간 동안 아무렇지도 않게 과거를 용서하고 과거를 잊어버릴 수 있을까? 답은 아니었다. 절대 잊을 수도 용서할 수도 없는 과거라 할 수 있었다.

'내가… 국왕을 더욱 궁지로 몰아넣은 것인가? 하지 말았어야 하는 말인가?

순간 아담 라로쉬는 후회하고 있었다. 하지만 하지 않을 수 없었다. 그것을 알지 못한다면 자신이 선택한 주군인 팔레티 국왕은 왕국을 놓고 커다란 실수를 저지를 수도 있음이니 말이다.

"그를 이해할 수 있소. 허나 그를 이해할 수 있기에 이제는 그를 더욱 살려줄 수 없다는 생각이오."

"위험한 생각이옵니다."

마이클 레빗의 말이다. 팔레티 국왕의 시선이 그에게로 향했다. 무섭도록 차갑게 가라앉은 팔레티 국왕이다.

"무엇이 위험하다는 것인가?"

"그의 곁에는 수없이 많은 인재가 있사옵니다. 당장에 보더라도 클라렌스 프라네리온 백작이 곁에 머물고 있으며, 그의 의제인 스웬슨 패트리아스와 의문의 기사인 젠슨 스틀우스가 곁을 지키고 있사옵니다."

"그들이… 그렇게 강하오?"

잠시 입을 다무는 마이클 레빗이다. 하나 이내 앙다문 입을 열어 답했다.

"클라렌스 프라네리온 백작은 과거 헤밀턴 공작 가문의 삼 공녀였사옵니다. 또한 현 아이작스 백작의 아비인 아이작스 남작의 부인이었사옵니다. 무슨 이유에서인지는 모르나 그녀는 가문을 등졌고, 가문은 그녀에게 백작의 작위를 주었사옵니다."

"흔히 있는 일이지 않소?"

흔히 있는 일이다. 힘이 있는 가문이라면 가문의 딸이 평생 미망인으로 사는 것을 원치 않았다. 그래서 그런 경우가 종종 있어 왔다.

"중요한 것은 그녀가 마법사라는 것이옵니다."

"…설마 의문의 대마도사가……?"

"바로 그녀로 의심되고 있사옵니다."

할 말을 잃었다. 더 이상 무슨 말이 필요하단 말인가?

"허면 그 의문의 마스터는 그의 의제인 스웬슨 패트리아스라고 말을 하겠군."

"그렇사옵니다."

여지없이 팔레티 국왕이 짐작한 대로의 말이 마이클 레빗으로부터 흘러나왔다.

"말도 안 되는군."

"말이 되고 안 되고는 문제가 아니옵니다."

"그럼 무엇이 문제인가? 마스터가 마법사가 찍어내는 마법 물품 같은 것인가? 7서클의 대마도사? 그것은 무슨 개떡 같은 말인가? 제국의 황실 마탑주조차 6서클의 마도사일 뿐이네. 말이 된다고 생각하는가?"

딴은 팔레티 국왕의 말이 맞았다. 그것이 통상적인 경우라는 것을 인정하지 않는 것은 아니었다. 하나 정작 마이클 레빗이 중요하게 여기는 것은 그것이 아니었다.

"중요한 것은 그것이 현실이라는 것이옵니다. 수만의 병사가 그것을 보았다는 것이옵니다. 그것도 전장의 한가운데서 말입니다. 과연 그것이 향후 패트리아스 백작에게, 혹은 국왕 전하께 어떠한 영향을 끼칠 수 있는 것인지는 불을 보듯 뻔한 사실이옵니다."

그러했다. 뻔한 사실이었다. 오랫동안 코린 왕국은 목말라 있었다. 평민도 그러하고 귀족들도 그러했다. 그들에게는 코린 왕국의 국왕인 팔레티 국왕이 있었으나 헤밀턴 공작도 있었다.

하나 그들이 생각하기에 헤밀턴 공작이나 팔레티 국왕 모두 그놈이 그놈이었다. 둘 다 자신의 권력을 유지하기 위해, 혹은 빼앗긴 권력을 찾아오기 위해 혈안이 되어 있었다.

영지민은 신경도 쓰지 않았다. 자신의 배만 불리고 자신의 등만 따시면 되었다. 그래서 코린 왕국의 왕국민은 평민을 위한 영웅에 목말라 있었다.

그러한 그들에게 아주 좋은 이야깃거리가 생기고, 존경할 만한, 목숨을 바칠 만한 이가 생겼다. 과거의 죄로 인해 깊고 깊은 곳으로 숨어들었던 이들이 환호하며 패트리아스 백작에게로 몰려들 것이다.

패트리아스 백작은 어느새 단 한 번의 전투로 코린 왕국에서 가장 중요한 인물로 급부상했다. 과거의 영광이 재현되고 있음에 코린 왕국의 귀족들과 왕국민은 환호할 것이다.

그런데 그러한 패트리아스 백작을 적대시한다면 과연 어떤 효과가 날 것인가? 보지 않아도 뻔했다. 욱일승천하는 그를 제거할 수는 없었다. 제거하기에는 헤밀턴 공작 가문이 여전히 버티고 있고 아직은 국왕의 힘이 모자랐다.

"어쩌면 그는 지난 15년간 지금 이 순간만을 준비했을지도 모르옵니다."

지금껏 아무런 말이 없던 국방대신이 입을 열었다.

"준비를 했다?"

"그렇사옵니다."

국방대신의 말에 고개를 주억거리는 팔레티 국왕이다. 확실히 그의 말은 신빙성이 있었다. 그렇지 않고서는 이렇게 갑작스럽게 막강한 전력이 그의 곁에 있을 수가 없었다.

"그럴 수도 있겠군."

순순히 인정하는 팔레티 국왕이다. 그에 힘을 얻은 국방대신이 다시 입을 열었다.

"그를 배척하지 마시고 같은 피해자의 입장에서 받아들이셨으면 하옵니다. 전하께옵서는 이용당하고 버려진 치욕을, 그에게는 가문을 멸문시킨 원흉으로 말이옵니다. 황망한 일이옵니다만 당시 선대 국왕 전하께옵서는 스스로의 존재조차 인정하지 못한 정신 상태를 가지고 있었지 않사옵니까?"

말은 그렇게 했지만 당시의 국왕이 치매를 앓고 있다는 것은 누구나 안다. 제정신이 아니라는 것을 모르는 이가 없을 정도였으니. 그러한 상황에서 전대 국왕이 저지른 최대의 실수가 바로 패트리아스 백작 가문의 멸문이었고, 그 이후로 전대 국왕은 몸져누워 국사를 헤밀턴 공작 가문이 농단하지 않았던가?

그러한 국방대신의 말에 잠시 침묵하는 팔레티 국왕이다. 솔깃한 말이다. 만약 패트리아스 백작의 전력이 약했다면 절대 이런 생각을 가지지 않았을 팔레티 국왕이다.

하나 드러난 패트리아스 백작의 전력은 의외로 막강했다. 아니, 막강한 차원을 벗어나 있었다. 한 명의 대마도사와 한 명의 마스터. 솔직히 과거를 생각해 보면 패트리아스 백작조차도 마스터이지 않을까 하는 의심이 든다.

바로 바우처 백작과의 결투 때 기억이 나는 팔레티 국왕이다. 그때는 그저 그러려니 하고 지나갔다. 바우처 백작이 방심한 것이라 생각했다. 그런데 그것이 아니었다면?

충분히 그럴 수 있었다. 바우처 백작이 기사들을 형편없는 평민 기사라고 격하하며 자격을 박탈해 애써 결투를 폄하한 것을 생각해 보면 정말 그럴 수도 있겠다는 생각이 들었다.

"그대들 모두 같은 생각인가?"

"그러하옵니다. 부디 현명하신 판단을 하시기 바라옵니다."

"알겠소. 내 곧 결정할 터이니 오늘은 여기서 회의를 파했으면 하오. 그리고 특수작전국의 국장은 잠시 할 말이 있으니 남으시오."

"명을 따르옵니다."

특수작전국 국장 아담 라로쉬만 남고 모두가 자리를 벗어났다. 그들이 나가고도 한참 동안 둘은 말이 없었다. 아담 라로쉬는 왜 자신을 남게 했는지 몰라서였고, 팔레티 국왕은 어디서부터 어떻게 이야기를 꺼내야 할지 몰라서였다.

하지만 그러한 질식할 것 같은 침묵은 더 이상 오래가지 않았다. 바로 팔레티 국왕의 목소리가 그 정적을 깼기 때문이다.

"그가 그 반인륜적인 실험의 대상이었다는 말이 사실이 오?"

"그렇사옵니다."

"어떻게 알았소?"

"그에게 직접 들었사옵니다."

"……."

직접 들었다는 말에 할 말이 없었다. 그보다 더 정확한 말은 없기 때문이다. 하나 팔레티 국왕은 조금 더 확인하고 싶었다.

"직접 보기도 했소?"

"그가 직접 보여주었사옵니다."

"보였소?"

"희미하오나 자세히 보였사옵니다."

다시 침묵하는 팔레티 국왕이다. 물론 그 과거의 실험이란 것이 왕국 차원에서 실시하기는 했지만 실질적으로 주도한 것은 헤밀턴 공작 가문이었다. 그리고 그것이 자신들의 목적과 배치됨을 알게 된 헤밀턴 공작 가문은 과감하게 그 실험을 폐기하기에 이른다.

"내가 모르는 어떤 내막이 있는 것이오?"

팔레티 국왕은 직감하고 있었다. 자신이 빠뜨린 부분이 있다는 것을 말이다. 그것은 분명하였다. 실제 헤밀턴 공작 가문이 특수작전국을 폐지시키는 안으로 들어가면 조금 더 복잡한 사정이 있었다. 기실 실험은 성공이었다. 완벽하게 제어된 키메라가 완성된 것이다.

그러기 위해서는 왕국에 존재하는 모든 키메라를 제거해야만 했다. 자신의 물건을 남이 이용한다는 것은 헤밀턴 공작 가문으로서는 절대 용납할 수 없기 때문이다.

그렇게 네 개의 특수작전조 중 네 번째 특수작전조가 완벽히 제거되고, 나머지 세 개의 특수작전조는 제거를 가장하여 그들의 휘하로 흡수되었던 것이다.

팔레티 국왕의 물음에 아달 라로쉬는 과거의 문헌을 뒤지고 실제 작전국의 요원들을 파견하여 치밀하게 조사한 내용에 대하여 하나씩 팔레티 국왕에게 설명해 나갔다.

그 말을 들으며 팔레티 국왕은 시시각각으로 안색이 변해가기 시작했다. 그리고 마침내 아담 라로쉬의 길고 긴 설명이 끝이 났을 때 그는 답답한 숨을 참고 있던 듯 깊고 깊은 한숨을 내쉬었다.

"후우우~ 그렇군. 그랬었군."

이제야 알겠다. 아담 라로쉬가 왜 패트리아스 백작을 품어야 하며 그를 품지 못할 경우 동반자로서 가야 한다고 말하는지 말이다. 어찌 보면 패트리아스 백작과 자신은 같은 길을 걸어가고 있었던 것이다.

패트리아스 백작은 그것을 알고 있었고, 자신은 그것을 모르고 있었던 것뿐이다. 하나 동반자는 허용할 수 없었다. 자신은 코린 왕국의 유일한 지존, 그는 자신을 주군으로 섬기는 귀족일 뿐이다.

"그는 과인의 조치를 어찌 생각하는가?"

"일종의 거래로 보고 있사옵니다."

"거래? 거래라……. 그럴 수도."

패트리아스 백작은 이미 자신을 재단하고 있었다. 그 자신을 사냥용 개나 혹은 잠시 시선을 돌리는 방패막이로 사용하고 있다는 것을 알고 있는 것이다. 그러하기에 충성 서약을 하지 않았다.

그저 귀족으로서 해야 할 서약만 했을 뿐이다. 그때 알았어야 했다. 그를 견제하면서도 자신은 그에 대해서 너무나 모르고 있었다. 그는 이미 모든 것을 파악하고 있었음에도 불구하고 말이다.

"이제는 돌이킬 수 없음이네. 또한 나는 동반자가 필요한 것이 아니라 나의 명령에 곧바로 목숨조차 내어놓을 수 있는 수하가 필요할 뿐이네."

"……."

아담 라로쉬는 말이 없었다. 안다. 알아서 더 이상 말을 할 수 없었다. 하지만 헤밀턴 공작 가문을 무너뜨리기 위해서는 그의 도움이 절대적이라는 것 역시 알고 있다.

"허나 당분간의 동맹이라면 가능할지도 모르지. 사냥이 끝나면 그를 북부로 보내 그곳에서 나오지 못하도록 할 작정이야."

이어지는 팔레티 국왕의 말에 뜨끔한 아담 라로쉬였다. 북부로 보내 나오지 못하게 한다는 것은 실질적인 권한을 주지 않은 변경백을 말함이다. 군사 동원력이 없는 변경백은 있으나마나 한 존재.

결국 눈 가리기 식 방패막이로서, 한시적인 동맹자로 인정하겠으나 사냥이 끝나면 그를 제거하겠다고 한 팔레티 국왕의 결심을 들려주는 것이다.

"허고 기사 1백과 병력 2천을 증원시켜 주도록 하게. 또한 과인의 칙서 역시 전달하고 말이지. 칙서의 내용에는 인근의 끌로베 영지를 추가한다고 적고. 늦었지만 실력을 보였으니 그에 준하는 대우를 해주는 것이 맞겠지."

생색을 내려는 것이다. 너무나도 뻔히 보이는 수이지만 하지 않는 것보다는 나았다. 지금의 관계를 조금 더 호전시킬 수 있는 계기이기도 하고 말이다. 계산적인 관계이지만 호의를 보여주는 것이 조금 더 신뢰를 더하는 행동이라는 것을 너무도 잘 아는 팔레티 국왕이다.

"그만 나가보게."

"명을 따르옵니다."

아담 라로쉬는 무거운 얼굴로 팔레티 국왕의 면전에서 물러났다. 모종의 장소를 벗어난 아담 라로쉬는 고개를 들어 궁 내부의 천장을 바라보았다. 천장에는 과거 신화시대의 정령이 화려한 색채로 그려져 있다.

"하아~"

그에 아담 라로쉬는 긴 한숨을 내쉬었다. 자신이 할 수 있는 일은 없었다. 자신은 패트리아스 백작 사람이 아니라 바로 국왕의 사람이었다. 국왕을 위해 자신의 목숨을 다하여야만 하는 존재였다.

안타깝고 아쉽지만 어쩔 수 없었다. 정해진 상황 내에서 자신은 자신의 모든 것을 다해 최선을 이끌어내면 되는 것이다. 지금으로써는 최선을 다했다 생각했다.

하나 불현듯 그의 심중에 남는 답답함이 있었다.

'나는 과연 최선을 다한 것인가?'

그러한 물음이다. 그래서 더 답답했다. 최선을 다했다고는 하나 그것이 최선이 아닐지도 모른다는 생각에 말이다. 자신의 주군을 잘못된 방향을 인도하고 있지 않은지에 대한 생각 때문이다.

끝나지 않을 것 같은 그는 상념을 거두고 다시 걸음을 옮겼다. 그가 걸어가는 긴 회랑에는 오직 그의 발자국 소리만 남았다.

뚜걱! 뚜걱! 뚜걱!

『넘버세븐』 7권에 계속…

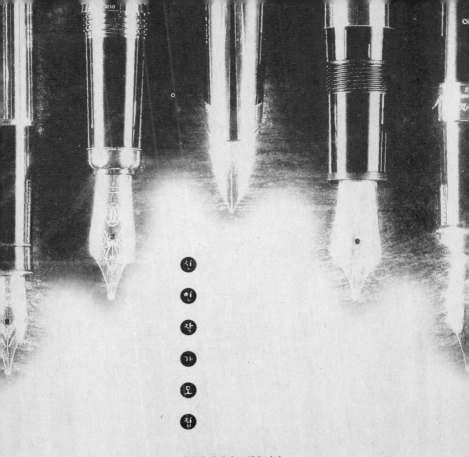

신
인
작
가
모
집

시작이 반이라고 했습니다.
작가의 길에 대한 보이지 않는 벽을 과감히 깨뜨리십시오!
청어람은 작가 지망생 여러분들의
멋진 방향타가 되어드리겠습니다.

저희 도서출판 청어람에서는
소설 신인 작가분들을 모집합니다.
판타지와 무협을 사랑하시는 분들의 많은 참여를 바랍니다.
소정의 원고(A4용지 150매)를 메일이나 우편으로 보내주시면
검토 후 출판 여부를 알려드리겠습니다.

주소:경기도 부천시 원미구 심곡2동 163-2 서경B/D 2F 우편번호 420-822
TEL:032-656-4452 · **FAX**:032-656-4453
http://www.chungeoram.com
e-mail:chungeoram@chungeoram.com

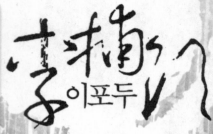

이포두

노주일 新무협 장편 소설
FANTASTIC ORIENTAL HEROES

청어람이 발굴한 신인 「노주일」
그가 선사하는 즐거운 이야기!

내 나이 방년 스물셋. 대륙을 휘몰아치는 전쟁에서
간신히 살아남아 고향으로 돌아왔다.
사실 전쟁은 이미 이기고 지는 건 문제도 아니었다.
단지 전후 협상만이 탁상공론으로 오고 갔을 뿐.
하지만 전쟁터에서는 항시 사람이 죽어 나갔다.
이유도 알지 못한 채 그냥.
그러던 차에 전후 협상처리가 되고 나서 전역했다.
그러고는 곧장 뒤도 돌아보지 않고 고향으로!

『이포두』

내 가족과 내 친구가 있는 곳으로!

Book Publishing CHUNGEORAM

유행이 아닌 자유추구 -
WWW.chungeoram.com

허담 新무협 판타지 소설

FANTASTIC ORIENTAL HEROES

수선경

水仙經

사람이 아니라 귀신이라네

하늘의 달은 빛 잃어도 빛날 수 있을지니 … 무서운 칼날이 목을 겨눈 순간에도 웃을 수 있는 자 … 그러할 터 … 하물며 검갑과 피가 흩뿌려지고 망자의 혼이 허공에서 울부짖을 때 귀면의 사자가 그곳에 있을 것이니

작은 샘이 바다로 모여들 듯,
만류의 법이 하나로 회귀하듯,
다섯 개의 동경이 드디어 하나로 모인다.

검을 만드는 사람과
검을 쓰는 사람,
그리고 검을 버리는 사람의 이야기!

천명을 타고 태어난 **청풍**과 **강검산**
그리고 혈로를 걸어온 살수 **타유**,
그들이 다섯 줄기의 피의 숙명과 마주한다.

Book Publishing CHUNGEORAM

유행이 아닌 자유추구 -
WWW. chungeoram.com

FANTASTIC ORIENTAL HEROES
용훈 新무협 판타지 소설

무림공적, 천살마군 염세악!
검신 한호에게 잡혀 화산에 갇힌 지 백 년.

와신상담… 절치부심… 복수무한…

세월은 이 모든 것을 잊게 하고
세상마저 그를 잊게 만들었다.
하지만.

"허면 어르신 함자가 어찌 되시는지……"
우연한 만남, 자신도 모르게 튀어나온 원수의 이름.
"그게… 한, 한호일세."

허무함의 끝에서 예기치 않게 꼬인 행로.
화산파 안[in]의 절세마인, 염세악의 선택!

Digital Publishing CHUNGEORAM

유행이 아닌 자유추구
WWW.chungeoram.com

FUSION FANTASTIC STORY
천성민 장편 소설

짐승의 규칙

『무결도왕』 『다크로드 블리츠』
천성민 작가의 신간!

『짐승의 규칙』

살아야만 했다.
나를 위해 희생당한 부모님을 위해.
복수를 위해.

죽여야만 했다.
내가 살기 위해 타인의 목숨을.

그렇게……
나는 짐승이 되었다.

Book Publishing CHUNGEORAM

유행이 아닌 자유추구 -
WWW.chungeoram.com